庫 15

蒲原有明
薄田泣菫

新学社

装幀　友成　修

カバー画
パウル・クレー『花のテラス』一九三七年
東京国立近代美術館蔵
協力　日本パウル・クレー協会

河井寛次郎　作画

目次

蒲原有明

薄田泣菫

蒲原有明

蒲原有明詩抄

『草わかば』

牡蠣の殻

牡蠣《かき》の殻《から》なる牡蠣の身の、
かくも涯《はて》なき海にして、
生《いき》のいのちの味気なき
そのおもひこそ悲しけれ。

身はこれ盲目《めしひ》、巌《いは》かげに
ただ術《すべ》もなくねむれども、
ねざむるままに大海《おほうみ》の
潮の満干《みちひ》をおぼゆめり。

いかに朝明、朝じほの
色青みきて溢るるも、
黙《もだ》し痛める牡蠣の身の
あまりにせまき牡蠣の殻。

よしや清《すが》しき夕づつの
光は浪の穂に照りて、
遠野《とほの》が鳩のおもかげに
似たりといふも何かせむ。

痛ましきかな、わたつみの
ふかきしらべに聞き恍れて、

夜もまた昼もわきがたく、
愁《うれひ》にとざす殻の宿。

さもあらばあれ、暴風《あらし》吹き、
海の怒の猛き日に、
殻も砕けと、牡蠣の身の
請ひ禱《の》まぬやは、おもひわびつつ。

可怜小汀

ただすずろかに、いつしかと、
往《い》にしその日のおもはれて
歳月《としつき》経ぬる旅の空、
心はなほもあこがるる。

その日は海のゆふまぐれ、

船の舳先《へさき》を、おほどかに、
潮気に曇り寂しくも、
ひとり飛びゆく鷗鳥《かもめどり》。

歌をおもひて、言霊《ことだま》の
幸《さち》にたまたま遇ふがごと、
鷗よ、はじめ、汝《なれ》を見て、
ひそかに、われは驚きつ。

塵も染めざるその翼、
いざなひ引けとうち慕ひ、
愁《うれひ》はさわぐ浪の上、
われとわが身をかき擁《いだ》き、
「鷗よ、ゆくては遠からむ、
可怜小汀《うましをばま》やいづかた」と、
こころままなる汝を恋ひ、

滅《き》え去る影を惜みけり。

名残は尽きず、或夜また
夢に潮の立返り、
溢れ流るる海原の
その涯をしも尋《と》めわびぬ。

「可怜小汀やいづかた」と、
問ひは問へども甲斐ぞなき、
八汐路隔《へだ》つ灘《なだ》の遠《をち》、
うつろの声のわびしくも。

鷗よ、あはれ、捲きかへす
往《い》にしその日の浪枕、
夢の翼に誘はれて、
いつまで揺ぐおもひなるらむ。

『独絃哀歌』

あだならまし

をぐらき森の常蔭《とかげ》にうそぶき入る
汝《な》がさまよひの歌こそ反響《こだま》しぬれ。
人をも世をも恨み疑へども、
胸の火なほも燻《く》ゆればか歌ひやまず。

行方《ゆくて》にやがて奇《あや》しき真洞《まほら》ありて、
まじこる凶《まが》の蝙蝠《かはほり》内に棲めば
時劫の波だち、星のまたたきさへ、
通はぬ奥所《おくが》や、無為の眠《ねぶり》の床《とこ》。

さもあれ、まぎれ入りぬる懈怠《けたい》の蔭、

いぶせき鬱憂《うついう》の夜《よ》に玉の緒絶え、
短き生涯の途《みち》かへりみなむ、
その時夢のうつろと知らむもうし。
根ぶかき信のめぐみを仰がざらば、
胸の火、歌ごゑ、共にあだならまし。

畑のつとめ

こころの糧《かて》をわが取る菜園をば
はえなきおもひぞ日毎に培《つちか》ひぬる。
さはいへ、萌ゆる歓喜の萵苣《ちさ》の芽さへ、
愁の狭霧にしめり、わづらひ伏し、
はたまた恐怖《おそれ》に沈む悲しき界《よ》の
無明の大風《おほかぜ》つよく吹きすさびて

生《お》ひとし生ふるいのちの葉茎は破《や》れ
ねがひものぞみも徒《あだ》に滅《き》え去る日を、——

ひともとたてる花草、奇《く》しくあれや、
誰が手に播けりともなく、おのづからに、
この如《ごと》、ひとり凋《しほ》まで、いよよ匂ふ。

さればよ、そが豊なる色と香とに
尽きせぬめぐみを絶えず讃めたたへて
苦悩の畑のつとめに、なほも行かむ。

薔薇のおもへる

黄金《こがね》の朝明こそはおもしろけれ、
さ霧に匂ひて、さらば咲きぬべきか。——
嘆かじ、ひとり立てども、わが為め、今、

おもふに光ぞ照らす。さにあらずや。
嘆かじ。秋に残りて立ちたれども、
小路《こみち》を、(さなり、薔薇《さうび》のこの通ひ路《ぢ》)
手を組み交し、ささやく二人の影。——
ああ、今、静かに、さらば咲きぬべきか。

少女《をとめ》は熱き涙に声も顫へ、
をのこは遠きわかれを惜しみかこち、
あまりに痛きささやき霜はも似つ。
記念《かたみ》の、これよ、花かと摘まれむとき、
音なく色に映るもわりなきかな。——
二人は知らで過ぎゆく。——将《は》た嘆かじ。

万法流転

静かにこれを観ぜよ、壁のおもに
映れる楊《やなぎ》の枝の起き伏す影。
その影忽ち滅《き》えぬ、日をば障《さ》へて、
漂ふ雲し掩へば、夢のごとも。

そはまた、ややに明りて、射す光の
現《うつつ》に白く纏ふをながめいれば、
かつ堕ち、かつ浮び来る影に牽かれ、
こころも共に揺めき、満干《みちひ》ぞする。

ああ、その影の笞《しもと》の、こととなく、
空虚《うつろ》に見えはすなれど、鞭うつごと、
無常の掟を切《せち》に諭《さと》し示す。

いかなる物か苦の界《よ》に起滅《きめつ》せざる。
万法《まんぱふ》流転のさまを味ひ知り
随ひ任せて、さてもわれはあらむ。

蓮華幻境

わがこの胸に淀める池水《いけみづ》にも、
想《おもひ》は凝りて蓮華と生ひたち咲く。
しぬびに、君よ、この岸、かの水際《みぎは》に、
幻ふかきいのちの香をし尋《と》めよ。

その時、夢より鉢特摩華《はんどまげ》の
ほのかに歌ひいでぬる願《ねがひ》を聞け。
「かなたへ、いで南方《みんなみ》へ、緑の国、
情《なさけ》の月の彩饒《あやおほ》き空のもとへ、

君よ」と、うちいで、誘ひなせば、
せめても君は辞《いな》まじな。――
「さらば、彼処《かしこ》、焰の恋のこころの古里へぞ。」

つづいて、またうち挙ぐる言の葉には、
「常楽涅槃《じやうらくねはん》の土のかをるところ、
よろこび尽きぬ種子《たね》こそ深く宿れ。」

優曇華

遽《にほか》にわが身変りぬ。まことや、今、
声なき「よろこび」は手を高く挙げて、
わが肩突きじろひつつ、示すがまま、
わが眼の前ゆく夢の不思議を知る。
先づ見る、都大路の石だたみに

映《うつ》ろひ彩《あや》なす衣《きぬ》の流るる影。
なほまた見もて過ぐれば、いつとわかず、
ゆゆしき威神《ゐじん》の力わが身を圧《お》す。

巷《ちまた》のどよみもふつに収りつつ、
雲なす許多《ここだ》の人々、おのがじしに、
光の輪をし被《かつ》ぎて、舞ひて遊ぶ。

この時なりき、かしこを﨟《らふ》たき君、
あだかも極熱《ごくねつ》の土しばし抽《ぬ》きて
優曇華《うどんげ》匂ふが如く、君も過ぎぬ。

頼るは愛よ

その時わが身はここに、ここは星の
まどかに週《めぐ》り繞《めぐ》れる幾重《いくへ》の外、

黄金《こがね》の調《しらべ》ひびかふ天路《あまぢ》超えて、
いつしか昇りぞ来つる。（かくも、われは
夕暮ひとり夢みぬ。）奇《あや》しきかな、
胸には衆生の海にたちさわげる
波凝《なごろ》の揺ぎ伝へて、身には、はやも、
真白き照妙《てるたへ》の衣《きぬ》被《かつ》ぎ纏ふ。

頼るは、頼るは「愛」よ、君によりて、
地《つち》なる愁を去らむ、かしこにては、
わづかに夢に見えつるその信《まこと》を、

威神の光に今こそ解《わ》きても知れ。
見よ、此処、生《いき》のいのちのけながくして、
時劫のすすみ老いせぬ天《あめ》の常《と》蔭《かげ》。

新鶯曲

法吉郷、郡家正西一十四里二百三十歩神魂命御子宇武賀
比比売命、法吉鳥化而飛渡、静坐此処、故云法吉、
出雲風土記

わが姉、うぐひす、いかなれば、
野をまた谷を慕ふ身と
鳥に姿を変へにけむ、
緑は匂ふそのつばさ。

われはすべなき海の姫、
きのふのむつび思ひいで、
岩むらを打つおほ浪の
みだれに胸をかき擁《いだ》く。

わが姉、しばし振りかへり、
すさめる磯の涯《はて》を見よ、
雲もこごれるいぶせさに、
ただ、あぢきなきこの恨《うらみ》。

憂きこと繁《しじ》に尽きがたく、
砂《いさご》に倒れ、嘆かへば、
ふかき思もわたつみの
どよもしにこそかくれけれ。

わが姉、うぐひす、ほのかなる
ほほゑみほめて、世の人は
鳴く音たをやぐ法吉鳥《ほきどり》の
歌に愁も忘るべし。

珍《うづ》の宝の貝の葉に
生《いき》の薬をささげつつ、

二人は共に大神の
宮に召されし日もありき。

わが姉、うぐひす、なにすとて、
海の宝も手に触れず、
珍の薬もうちすてて、
すてて惜しまぬ歌のこゑ。

われは今なほ海の姫、
汝がゆくへをば思ひやり、
巌《いはほ》にのぼり、浪にぬれ、
夜もまた昼もかなしまむ。

うぐひす、うぐひす、わが姉よ。
春に逢ひたる木《こ》の間より、
しばしは荒き北海《きたうみ》の
磯をも偲びいでよかし。

われは甲斐なき海の姫、
嘆きのこゑの消ゆるまを
いよいよ春にときめきて、
汝がしらべこそ清からめ。

さいかし

落葉林《おちばばやし》の冬の日に、
さいかし一樹《ひとき》。
（さなり、さいかし。）
その実の殻は、疎《まば》らかに、梢にかわく。
落葉林に、日も暮れて、
凩吹き起る。
（さなり、こがらし。）

吹かれて、鈍《おそ》に、さいかしの莢《さや》こそさやげ。
さいかしの実の一つ殻、
墜《お》ちて恨みぬ。
（さなり、わびしく。）
「生命《いのち》は独り墜ちゆきて、拾ふすべなし。」
さいかしの実のまた一つ、
ただつぶつぶと、
（さなり、むなしく。）
墜ちたる殻の友の身を弔ひ嘆く。
「ああ、世に尽きぬ生命なく、
朽ちせぬ身なし。」
（さなり、さだめや。）
諦めつつも、さいかしの実はつぶやけり。

風おのづからたまさぐる
小琴《をごと》ならねば、
（さなり、つたなく。）
枝に捩けし殻の実の物はかなさよ。
わびしく実る殻の種子《たね》、
さて夜もすがら、
（さなり、みだれて。）
泣きは泣けども、をかしとて聞く人もなし。

『春鳥集』

日のおちぼ

日のおちぼ、月のしたたり、――
誰《たれ》かそのこぼれを拾ひ、
誰かまたそのうるほひを、
まつぶさに、味ひ知れる。
況《ま》して日の高き階段《きざはし》、
月しろのにほふ奥所《おくが》を、
脚《あし》どりもたゆまで、誰か、
尋《と》め、極《きは》め、あくがれ行ける。

過ぎ去りて帰る期《ご》もなく、
浪うちてつづく「刹那」は、
光をば闇に刻みて、
音もなく、滅《き》えてはゆけど、
養ひの、これや、その露、
美稲《うましね》の種《たね》にこそあれ。
そを棄てて「命」めぐまず、
幸御魂《さきみたま》くもりてやあらむ。

いかくろふ「刹那」のゆくへ
何処《いづく》ぞと定めなければ、
牲《にへ》の身を淵に沈めて、
いかばかりかき捜るとも、
黄泉《よみぢ》なす黒暗《くらやみ》とざし、
一つ火のかげにも遇《あ》はじ。

徒《あだ》に見し夢の戯《たは》わざ、
いまさらに何とかはせむ。
「永劫」よ、瑞《みづ》の御身《みみ》をば
現世《うつしよ》の「刹那」に示せ。
せめて我、その間《ひま》だにも、
真《まと》なる「命」讃めてむ。

朝なり

朝なり。やがて川筋は
ほのじらめども、夜の胞《え》を
流しもとほるくぐもりに、
河岸《かし》の並み蔵、白壁の
影もおぼめく朝の靄。

朝なり。やがて明けぎはの
河岸のけしきは動き出で、
堀江づたひに差す潮の
きざし早くも催せば、
逆《さか》押《お》し上《のぼ》す濁り水。

見よ、ただよふは瓜の皮、
孩子《さなご》、塵藁《ちりわら》、柿《こけら》くづ。

滅《き》えがてにする朝靄の
たえまを群れて鷗鳥《かもめどり》
何を求《あさ》るか、飛び交《ちが》ふ。

また、こなたには、つらなみて
黒ずみたてる橋柱《はしばしら》
人目はばかる女《をみな》らの
ひそめきあひて、足ばやに
渡れば軋む橋の板。

水は濁れど蛇《くちなは》の
文《あや》にうごめき、――緑練《みどりね》り、
瑠璃の端照《は》らし、碧《あを》を彩《た》み、
揚場《あげば》の杙《かし》にまつはりて、
蜿《うね》り、色めき、溢れくる。
青物車《あをものぐるま》いくつ。――はた、

稼ぎの人ら。――もの乞ひの
空手《むなで》。――魚荷《うをに》の押送《おしおくり》。――
さては荷足《にたり》の脚重く、
竿さしなづむ船をとこ。

朝なり。繁き営みの
人の生映《よううつ》す濁川。
朝なり。河岸の並み蔵も
かがやき出でぬ。――今日もまた
かくて闢《ひら》くるわが「想《おもひ》」。

かたゐ

屈《く》し悩み、焦《いら》つ想は
乞丐《かたゐ》らが族党《うからやから》か
その群の一人は、今日も、

目的《あて》もなき路の長手を、
谷蟆《たにぐく》のすがたまねびて、
よろぼひつ、旅にし出づる。
まどはしき路の八衢《やちまた》、
たまさかに清水もとめて、
堪へがたき渇き癒せば、
しばしこそ蘇へりけれ。
穢れ身の罪のなかなか
滌《すす》がむに方術《たづき》もあらず、
業力に牽かれて、またも、
うち黙《もだ》しさすらひゆきぬ。

また外に苦行の一人、
久延毘古《くえびこ》の裔《すゑ》とぞ見ゆる。
脚行かず、うづくまりゐて、
天津日の火箭《ひや》をうけむと、
背を、肩を、垜《あづち》となせば、

降りかかる光の千条《ちすぢ》
肉《しゝ》むらに篦《の》ぶかく立てり。

なほ外にその群のもの、
ここだくは獣のごとく、
倦み疲れ、睡眠《ねぶり》むさぼる。
いづれはあれ、限りもあらぬ
辱しめ、また頑《かた》ましさ。
さるからに盲目《めしひ》の一人、
何物も見ねば惑はず、
一念の信を傾むけ、
智慧の火を護らひをるに、
貧しかる胸ぬちながら
和らげる光は照らす。
これこそはわが身の分と、
母《おも》の乳《ち》のおもひなしつつ、
はつはつに、吸ひてあるべし。

あはれ、あはれ、不具《かたは》に見ゆる
わが「想《おもひ》」、群れて住めばや、
絶えせざる苛責おぼえて、
内心の迷ひは深し。
悲しきは生命《いのち》の掟。
日暮れぬる麓の野べを
六部《ろくぶ》らが歌にやあらむ、
耳すまし聞くとはすれど、
ほそぼそと遠のく声の
いつしかに消えてゆくかな。

公孫樹

なべての樹にまさる
公孫樹《いてふ》よ。狂ほしき

風こそ葉を払へ、
反《そ》り立ち、頭《づ》も高《たか》に、四辺《あたり》鎮《しづ》めて。

嫋《なよ》びは花むろに、
柔《やは》きは伏せて、ここ
小さきぞひしめける
さやぎを知るや、いさ、汝《な》が天聳《あまぞそ》り。

公孫樹よ、(ときめきぬ、
わが胸。) あぶら火の
さかしら、そを嘲《あざ》み、
ひとりか黄蠟《わうらふ》の焰かかぐる。

愛《は》しきや、わたつみの
浪湧く深淵《ふかぶち》に
砕《くだ》くる貝の葉と、
うづまき乱れ飛ぶ落葉のすがた。

厳《いか》しく、神寂《かむさ》びて
たたせるその幹に、
公孫樹よ、想ひいづ、
埋れし先の代の象《きさ》のかたちを。

朽ちせぬ塔《あららぎ》や、
そはまた奥津城《おくつき》か、
命の不思議さを
自《みづか》らあやしみて、さては黙《もだ》すか。

みなといり

浪喘《あへ》ぐ入海にして
萎ゆる帆のふかきはためき。
ものうかるさまや大船、

楫《かぢ》の音《おと》もたゆみがちなる。
常夏《とこなつ》の島を船出し、
かひろげる幾波《いくな》折《をり》ぞも。
水手《かこ》は、今、眼《まなこ》をあげぬ、
兆《さが》悪《あ》しきこの港いり。

積代《つみしろ》と載するは、あはれ、
彩鳥《あやとり》の尾羽《をば》に、真玉に、
香に高き果実《このみ》、白檀《びやくだん》
くさぐさの奇《あや》しき器《うつは》。

天人の咲酒《あぐし》、変若水《をちみづ》、
羽衣も欠《か》かしやはする。
さるからに、何のあやかし、
真帆《まほ》は、今、喘ぎはためく。

はるばるともたらしきつる
常世べのたからは、今宵、
失はれはつとも知らで、
あくがれて人や待つらむ。
澪《みを》びきのこゑはあをざめ、
江《え》の波の暮れゆくなべに、
いづこにか船は泊《は》てつる。
兆悪しきこの港いり。

ほだし

ほだしぞ人を縛《いま》しむ。しかはあれど、
こがねのくさりとなさばならざらめや。
さながら天《あめ》ゆく星のひとつらねと、
にほひやいでむ、こよなき楽の調《しらべ》に。

わが身のこの肉《しし》むらよ、罪の古巣、
痴《し》れたる埴《はに》も、そがごとすがた変へて、
純《もは》らに熱きこころを盛《も》りなすとき、
咲酒《ゑぐし》の香《か》に浄《きよ》まはるほとぎとこそ。

この世にまた遇ふことの、われら二人、
難しと知らば、そをだにたのしとせめ、
などしもむげに支《さ》へられ、屈《く》してあらむ。

ほだしといふも我から造りしかげ。
ままなる「幸《さち》」に託《かづ》けしこのくちづけ、
あだになせそ、大神の「愛」のみ旨。

秋

夕暮。「秋」はしばしがほど、優しき
目見《まみ》あげ、ほほゑみ浮べ、休らふとき、
鴿《はと》あり、愛《め》ぐし、かたへの吹上より
落ち散る玉水羽ぶき、戯るるや、
「あな、憂《う》」と、姫はあわてて、萎《なよ》び衣《ぎぬ》の
纏《まつ》はる裾ふみたがへ、支ふるとて、
真玉手《またまで》解けば、瓊琴《ぬごと》の面《おも》より、見よ、
こぼるる螺鈿《らでん》の花の七つの象《かた》。

おぼゆるこの思ひをば、人には、今
いかにか説きも尽さむ。雲やうやう
黄金《こがね》に染りつ、花柏《さはら》木立のうへ、

にほふは姫が歌こゑ。風煽《あふ》りて、
繁葉《しげは》のしづく墜《おと》せば、苔蒸《こけむ》す地《つち》、
ゆらめきいでてぞゑがく虹の環列《わなみ》。

沙門「不浄」

悩ましき「想《おもひ》」は一日《ひとひ》、荊棘路《おどろみち》、
「悪」の深野《ふけの》を、目も眩れて遠くさまよひ、
耳ざとにひたもの聞きぬ、凶《まが》の水
か黒みわたる隠沼《かくれぬ》の沸きたつ音を。
また聞きぬ、淫《たは》けの族《やから》、みだらなる
加持の禱《いのり》に護摩木焚く森の祭壇、
火の陀羅尼うちあぐる声を、はたやまた
夜空飛び交ふ「煩悩」の鳥のおらびを。

そが如も汚れはてたるわが「想」、
「無明」の闇に執《しふ》ふかく痴《し》れて咽《むせ》べば
この日まで斎《いつ》ける「智慧」の金堂も、

今、「楽欲《げうよく》」の阿蘭若《あらんにや》と、丹《に》の円柱《まるばしら》
焔吐く蛇《くちなは》まとひ、奥所《おくが》より
青き「蠱惑《まどはし》」ぞ我を呼ぶ、「沙門不浄」と。

瑞香

艶《えん》なる夜の黒髪は
月にきえぎえ映ろひぬ
節《ふし》もゆるびて瑞香《ずゐかう》の
花の小笛《をぶえ》のたゆげなる。
朧《おぼろ》のかげはゆらめきて、

膚に染み入る物の音《ね》よ、
匂ひの海を春は、今、
すずろに夢の櫂《かい》やうつ。

かがよひ、融《と》くるあめつちの
宴《うたげ》はいともまどやかに、
新妻の、あはれ、新室《にひむろ》と、
寿《ほ》ぎめぐらせる月の暈《かさ》。

風は紋羅《もんら》の浮織に
条《すぢ》と色とのけぢめなく、
おぼめかしめる真玉手を
ささらえをとこ差纏《さしま》ける。

静かに更くるうまし夜は
恋をなだむる巫女《はふりこ》か、
手草に取れる追憶《おもひで》の

影をば月に交《まじ》へつつ。

恋のみぞ知る深き夜の
ねがひは、げにも金泥の
紺紙にきえぬ世のまこと、
あだしごころに、えこそわかたね。

黄昏

そこはかとなく惑はしき
黄昏時は
世も知らで宮に久しく
仕へたる
老女《らうによ》の想ひ。

萎えばむ衣《きぬ》のほのかなる

影になづさひ、
さざめくと見れば悲しむ
愛執の
うつり香《が》尽きず。

はた色褪めし夢のなか、
悔《くい》と恨の
たもとほる渡殿《わたどの》の奥、
楽欲《げうよく》は
蠟の火点《とも》し、
なほも滅《け》たじと護《まも》らへる
ほとりえ去らで、
頽《くづ》をるる願は黙《もだ》し、
思ひ出の
眼《まなこ》うるほふ。

陰、色、光、いづれとも

わかたぬままに
かへりこぬ昔しのびて、
咽《むせ》び入る
彼誰時《かはたれどき》よ。

石　獣

時ぞともなく、青き露
したたり凝《こご》るわが想《おもひ》。——
胸の園生《そのふ》のうら寂びて
はたおぼろめくそが中に、
　夢にや曇る、石獣《せきじう》の空《むな》しき瞳。

咲きあぐみたるわづらひの
花は、自《みづか》ら嘲笑《あざわら》ひ、
音《ね》に咽びいで泣く虫の

風にもつれて歎かへど、
　嗟《つ》み悩める石獣の暗きたましひ。

かかるをりしも埴《はに》の星
空のおそれにをののきて、
黒み、赭《あか》らみ、
かくても黙《もだ》す鬱憂の
　蠹魚《しみ》は朽ち入る石獣の深き目蕩《まどろ》み。

燐《りん》の蒸《む》れ香《が》に生臭き
蛍火ひそにたもとほり、
胸の園生を暮れまどふ
そが中にして、あはれ、あはれ、
痺《しび》れ壊《く》えゆく石獣の面《おも》の苦しみ。

魂の夜

午後四時。暮れてゆく
冬の日、影黄ばみ
顫《ふる》へぬ。銀行の
戸は、今、とざしごろ。
あふれし人すでに
去り、この現代の
栄えの宮は、今、
掟や、とざしごろ。

かくてぞ、いやはてに
商人《あきびと》、負債《おひめ》ある
身の、足たづたづと、
出でゆくそびらより、
黄金《こがね》の音《おと》走り、

伝へぬ。こは虚し、
あだなる嘲笑ひ、
きらめく富のうた。

見よ、帳簿の背なる
金字のおびやかし、
いかしき巻々《まきまき》は、
重げに、とざされぬ。
いちぢやう、負債ある
ともがら（われもまた）、
償ふたづきなさ。――
さながら、業のかげ
ひとやの闇なして、
さてしも、とざすらむ。
叩けど、打てど、あな、
すべなき魂の夜。

屋根の草

屋根の草ひでりに乾く、
焼くるとて、今はた何ぞ、
見はるかす衢《ちまた》にゆらぎ、
燃え盛る甍《いらか》と甍。

棟瓦照りてたはぶれ、
軒瓦焼けてほほゑむ。
そのかげに人生《ひとのよ》はあり、
なにごとぞ、さやは潜《ひそ》める。

見はるかすいらかのほのほ、
そが下《もと》に人は蒸されて、
倦《うん》じつつまどろめるなり、
ものうかる都会のすがた。

うづくむはただ悶えのみ、
すえてゆく臭ひにむせび、
ひとびとは何をか思ふ。——
塵づかのかげの弱ぐさ

屋根のくさひでりに乾き、
今はとて、あたり見さけて、
音もなき三昧に入る、
かぎろへる光のなかに。

『有明集』

智慧の相者は我を見て

智慧の相者《さうじや》は我を見て警《いまし》めていふ。
「汝《な》が眼《まみ》は兆《さが》悪《あ》しくこそ日曇《ひなぐも》れ、
心弱くも他人《あだしびと》恋ひわたりなば
夜《よ》の疾風《はやち》やがて襲はむ、遁れよ」と。

噫、「遁れよ」と、嫋やげる君がほとりを、
緑牧《みどりまき》、草野の原のうねりよりも、
なほ柔かき黒髪の綰《わがね》の波を。——
そをいかに君は聞き判《わ》きたまふらむ。

目をし閉づれば黄昏の沙《いさご》の涯《はて》を、

頸《うなじ》垂れ、たどりゆく影の浮び来る。――
「飢ゑてさまよふ獣か」と、咎めたまはじな。
これぞわがうらぶれ姿、悪醜《いなしこめ》。
今は惑はず、渦潮の恋におもむき、
湍《たぎ》ち沸く海に禊《みそ》がむ。溺るるもよし。

若葉のかげ

薄曇りたる皐月《さつき》空、日も柔らぎぬ。
木犀《もくせい》の若葉のかげの掛椅子に
凭れてあれば、物なべておぼめきて見ゆ、
現《うつつ》ならぬ歌のしらべと暢《のび》らかに。
さゆらぐ胸の浪のむた浮び出《いづ》れば、
常世辺《とこよべ》の遠き島根の故里に

あくがれわたる海の鳥、それかあらぬか、
夢ごこち、うつらうつらの我身かな。

なかば閉ぢたる眼をそそり、和魂《にぎたま》さそひ、
初夏の、その美花《うましばな》、芍薬《しやくやく》は、
薔薇《さうび》は、罌粟《けし》は、軽らかに舞ひてぞ過ぐる。

かかる折、萎ゆる色の連弾《つれびき》に、
われを捉へし幻は、ひたと寄り添ひ、
吉祥《きちじやう》の恋をささやく、永劫《とは》に滅《き》えじと。

霊の日の蝕

時ぞともなく暗《くら》みぬる生《いのち》の扉《とぼそ》。
こはいかに、四辺《あたり》のさまもけすさまじ。
こはまたいかに、わが胸の罪の泉を、

何者か頸《うなじ》さし伸べ、ひた吸ひぬ。

善しと匂へる花房は闇に凋《しぼ》みて、
悪しと見る果《このみ》は熟《つ》えて落ち来《きた》る。
そを掌《て》に載せて生温《なまぬる》き香《かざ》をし嗅げば、
脣の渇はいとど堪へがたき。

聞け、物の音《おと》。——群れて飛ぶ蝗《いなご》の羽音。
さならずば、大沼《おほぬ》の底を沸きのぼる
毒の水泡《みなわ》の水の面《も》に弾くひびきか。

或はまた、疫《えやみ》の呻《によ》び、野の犬の
淫《たはれ》の宮に叫ぶにか。噫、仰ぎ見よ、
微かなる心の空や、霊《たま》の日の蝕《しよく》。

月しろ

淀み流れぬわが胸に憂ひ悩みの
浮藻こそひろごりわたれ、黝《くろず》みて。
さてもいぶせき黄昏の影を宿せる
池水に映るは暗き古館《ふるやかた》。
石の段階《きざはし》壊《くづ》れ落ち、水際に寂びぬ。
沈みたる快楽を誰か喚びいづる。
かつてたどりし手弱女《たをやめ》の跫音《あのと》ひびかず、
還《かへ》り来ぬ昔をしのぶ水の夢。
花の思ひを織りこめし禱《いのり》の言葉、
額《ぬか》づきし面《おも》わのにほひ滅《き》えがてに、
奇《くす》しく深き宿縁はわが身を繫ぎ、

前生《ぜんしやう》の遠《をち》にくぐもるみ空より
池のこころに、執著のくちづけとしも、
月しろの影は幽《ほの》かに浮び漂ふ。

見おこせたまへ

文目《あやめ》も判《わ》かぬ夜の室《むろ》に、濃き愁もて
醸《か》みにたる酒はこの酒。脣に
そのささやきを落もなく味ひ知りぬ。——
そは何ぞ、絶間もあらぬ誄辞《しぬびごと》。

ただ悩ましく柔かき酔《ゑひ》の痛みは
われとわが死をば誘はむ、やうやうに。
その嘆かひの本末《もとすゑ》をうら問ひますな、
君が身に、こは蜉蝣《かげろふ》のかげのかげ。

見おこせたまへ、唯一目《ただひとめ》、わが盞《さかづき》を。
おん眼こそ翼うるほふ乙鳥《つばくらめ》、
透影《すいかげ》にして艶《つや》やかに映り浮びぬ。

いみじさよ、濁れる酒も今はとて
かがやきいづれ。諸共《もろとも》に乾してもあらばや
霊《たま》をさへ滅ぼす恋の蠱《まじ》の滴《しだみ》を。

茉莉花

咽《むせ》び嘆かふわが胸の曇り物憂き
紗の帳《とばり》撓《しな》めきかかげ、かがやかに、
或日は映る君が面《おも》。——媚《こび》の野に咲く
阿芙蓉《あふよう》の萎《ぬ》え嬌《なま》めけるその匂ひ。
魂《たま》をも蕩《た》らす私語《ささめき》に誘はれつつも、

我はまた君を擁《いだ》きて泣くなめり。
極秘の愁、夢のわな。——君が腕《かひな》に
痛ましき我ただむきは捉はれぬ。

また或宵《あるよひ》は君見えず。生絹《すずし》の衣《きぬ》の、
衣ずれの音のさやさや、すずろげに
ただ伝ふのみ。——わが心この時裂けつ。——

茉莉花の夜の一室《ひとま》の香《か》のかげに
まじれる君が微笑よ、わが身の痍《きず》を
求めきて、染みて薫《かを》るか、貴《あて》に懸《しみ》らに。

寂　静

あはれ夕陽は、熟《つ》え鈍《にぶ》む果実《このみ》の如く、
うち揺ぎ、栄映《さかば》え照りし光明も、

喘ぎ黄ばみて海中《わだなか》に悩みしたたり、
咽《むせ》び泣く波に溶け入り、い隠ろふ。

磯回《いそわ》に群るる円石《まろいし》は飽き足らふまで
夕潮を吸ひ倦みぬるに、瑪瑙《めなう》なす
石の額《ひたひ》はもろもろに暫輝《しばしかが》よひ、
いつしかと物はかなくもたそがるる。

風にもあらず、波の音、それにもあらで、
天地《あめつち》は一つ吐息のかげに満ち、
入江のかぎり彩《あや》もなく暮れてゆくとき、

便《びん》なさよ、わが魂《たましひ》は埋もれぬ、
埋もれつつも、寂静の夢を護ると、
暗き世の海に、夜すがら、眠《ねぶ》らでぞある。

異想

異《あだ》し想《おもひ》の織り出でし帛《きれ》の紋《あや》どり、——
歓楽の緯《ぬき》に、苦患《くげん》の経《たて》の糸。
縒《よ》れてみだるる条《すぢ》の色、或《ある》は叫びぬ、
或はまた酔ひ痴れてこそ眩《めく》るめけ。

今、夜の膝、平安《やすらぎ》の燈《ともし》の下に、
巻き返し、その織りざまを、つくづくと、
見れば、朧《おぼろ》に、危げに、眠れる獣、
倦める鳥、——物の象《かたち》のことやうに。

裁《た》ちて縫はさむか、この帛を宴《うたげ》のきぬに。
適《ふさ》はじな。さてしもあらば終《つひ》の日の
葬《はふり》の料に。——それもまた物狂ほしや。

生《せい》には、あはれ、死の衣、死にはよ、生の
空灶《そらだき》の匂を留めて、うつつなく、
夢はゆらぎぬ、柔かき火影の波に。

秋のこころ

色づける木草の匂ひ淡々《あはあは》と
ただよひわたる秋の日は、密《ひそ》に忍びて
籠らへる清げの尼の行ひや。
懺悔《さんげ》の壇の薫炉《ひとり》には信のこころの
香木の髄《ずゐ》の膏《あぶら》を炷《た》きくゆし、
鈍《ね》びては見ゆれ、打敷は夢の解衣《ときぎぬ》——
過ぎし日の被衣《かつぎ》の記念《かたみ》、音もなく
撓垂《しなだ》れて咲く繍《ぬひ》の花。また襞ごとに、
ときめきし胸の名残の波のかげ
揺めきぬとぞ見るひまを、声はひた泣く。——

看経《くわんぎん》の、これや秋の声、歓楽《よろこび》と
悔《くい》と憂愁《うれひ》と悲哀《かなしみ》といづれわかたず、
ひとつらに長き恨《うらみ》の節《ふし》細く、
雲のかげりに痕もなく滅《き》えてはゆけど、
窮《きは》みなき輪廻の業のわづらひは
落葉が下《もと》に残りゐて潜《ひそ》みやすらむ。
この夕、冷たき雨は、勤行《じじ》の
乱れを痛み、さめざめと繁にそそぎぬ。

大　河

徐《おもむろ》に、又うす濁り、流れゆく
大河の水のこともなさ。――熟《つくづ》く視れば
人の世の塵に同《どう》じて、惑《おぞ》はざる
智識めきたるその姿。鈍しや、我等、
面《おも》渋る唖の羊の徒党《ともがら》は

堤の上を、とみかうみ、わづらひ歩《あり》く。
しかすがに、声なき声の力充ち、
潤ほし足らふ法《のり》を説く流と知れば、――
経蔵に螺鈿《らでん》の函の蓋を開け、
秘めて伝へし教法《みをしへ》の巻を戴き、
繙《ひもと》くに、不思議の文字のこぼれ散る、
げにその如く、晴れわたる大空のもと、
河の面《も》に黄金《こがね》の波ぞきらめける。
目戍《まも》らひ居《を》るに穢《けがれ》身《み》も薫《にほ》ふここちし、
畜類の痴《し》れのまどひのいと深く、
それとも判《わ》かず、醜草《しこぐさ》を求《あさ》り食《は》みぬる
貪欲《むさぼり》を今また悔いて、ひざまづき、
慎ましく吸ふ河水の柔らかきかな、
母《おも》の乳甘く含めるかなしみは
心の中にいつとなく滲み入りにけり。
水源《みなもと》はとほき苦行の山を出で、
平等海《びやうどうかい》に注ぎゆく久遠のすがた。

たゆみなく、音なく移る流には、
非常の水泡《みなわ》、無我の渦。時しもあれや、
渡津海《わたつみ》の宝探るときほひ立つ
船の帆ぞ照る。——覚悟《さとり》なき身にも、この時、
心眼の華は開けて、さらにまた
沈みてぞゆく、寂静《じやくじやう》の大河の胸に。

朱のまだら

日射《ひざし》の
緑ぞここちよき、
あかしや
並みたつ樹《こ》かげみち。
よろこび
あふるる、それか、君、

かなたを
虚空を夏の雲。

あかしや
枝さすひまびまを、
まろがり
かがやく雲のいろ。

君、われ、
ふたりが樹かげみち。
みどりの
にほひぞここちよき。

なよ風
あふぎて、あかしやの
葉はみな
たゆげにひるがへり、

さゆらぐ
日かげの朱のまだら、
ふところぞ
みだるれ、わが思ひ。

君はも
白帆《しらほ》の澪入《みをい》りや、
わが身に
あだなる恋の杙《かし》。

なよ風
あふぎて、澪逸《そ》れぬ、
いづくへ
君ゆく、あな、うたて。

思ひに

みだるる時のまを、
夏雲
おもげにくづれぬる。

みどりか、
朱か、君、あかしやの
樹かげに
あやしき胸のしみ。

坂路

喘ぎて上る緩斜坂《なだらざか》——わが生《よ》の坂の中路《なかみち》や。
並樹の朽葉、熱き日に焼けて乾きて、時ならず、
痛み衰へ、散々に木梢離れて落ち敷きぬ。
落葉を見れば、片焦《かたこ》げて銹び赤らめるその面《おもて》、

端に残れる緑にも虫づき病める創《きず》の痕、
黒斑《くろふ》歪《ひず》みて惨ましく、鮮やかにこそ捺されたれ。

また折々は風の呼息《いき》、伊吹くともなく辻巻きて、
焼け爛れたる路はしも、悩の骸《から》の葉と共に、
燃ゆる死滅の灰を揚ぐ。噫、理《わり》なげの悲苦の遊戯《ゆげ》。

一群毎《ひとむらごと》に埃がち、憩ふに堪へぬ悪草は、
渇を止めぬ塩海の水にも似たり。ひとむきに
心焦《いら》れて上りゆく路はなだらに尽きもせず。

夢の萎《しな》えの逸楽は、睡眠《ねぶりめ》ながら揺られつつ、
軽き車を走らせぬ。その車なる紋章よ、
倦《うん》じ眩《くる》めくわが眼にも由緒《よし》ありげなる謎の花。

身も魂も頽《くづを》折れつ。ただこの儘に常闇《とこやみ》の
餌食とならば、なかなかに心安かるこの日かな。

悩み尽きせぬ緩斜坂、路こそあらめ涯もなし。

不安

人は今地に伏してためらひ行けり。
鈍《おぞ》ましや、そよと吹く風の一吹、
それにだに怯えたる蚕の如く
人は皆ひとむきに頭擡《かしらもた》げぬ。
何処《いづく》より風は落つ。身も戦《をのの》かれ、
我知らず面《おも》返し、空を仰げば、
常に飢ゑ、飽き難き心の悩み、
物の慾、重たげにひき纏ひぬる。
地は荒れて、見よ、ここに饑饉の足穂《たりほ》、
俯伏せる人を誰が利鎌《とがま》の富と

世の秋に刈り入るる。噫《ああ》、さもあれや、
畏るるは、それならで、天《あめ》のおとづれ。

たまさかに仰ぎ見る豊《とよ》の日の影、
窮みなき光明《みひかり》に偶《あ》ひまつれども、
わななける身に絶えて誠心《まごころ》もなく、
眩さに眼もくらみ痴《し》れてぞ惑ふ。

何処へか吹き渡り去《い》にける風ぞ。
人は又いぶせくも面《おもて》を伏せて
盲《めし》ひたる魚《うを》かとも喘げる中を、
安からぬわが思、思を食みぬ。

いつしかに青雲の路も鎖《とざ》され、
天馳《あまはす》る術《すべ》もなき現世《うつしよ》つらく、
わが霊《たま》は痛ましき夢に慰さむ、
わが霊は、あな、朽つる肉《ししむら》の香《か》に。

絶望

現実《うつつ》こそ白《しら》けたれ、艶も失せたれ。
物なべて香《にほひ》なく呆《ほほ》けてあれば、
わが心——夢映す蠱《まじ》の鏡も
性萎《さがしな》え、痴《うつ》けたる空虚《うつろ》に病みぬ。

在《あ》るがまま、便《たつき》なさ、在るを忍びて、
文《あや》もなし、曲《きょく》もなし。唯浅露《あらは》なり。
臥処《ふしど》なき人の生《よ》や、裸形の痛み、
悩なき悩には涙も涸れて。

眼のあたり、侘しげの小径《こみち》の壊《くづ》れ、——
悲愁《かなしみ》の雨《あま》そそぎ、洗ひさらして、
土の膚荒《すさ》めるを、まひろき空は
さりげなき無情《つれな》さに晴れわたりぬる。

妄執の狼尾草《ちからしば》根を張る中に、
益《やう》もなき貝の殻朽ちだにえせず、
陶器《すゑもの》の砕片《くだけ》あまた散《ちら》ばふ見れば
丹《に》に藍《あゐ》に味気なき恋の色彩《いろどり》。

夢も、はた追憶《おもひで》も、恋のうたげも、
皆ここに香《にほひ》失《う》せ、望も絶えぬ。
この現実、ひしと今我を囚《とら》へて、
日は高き天《あめ》よりぞ酷《むご》くも臨む。

夏の歌

薄曇る夏の日中は、
愛慾のおもひに潤み
底燃ゆる女《をみな》の眼ざし。——

むかひゐて、こころぞ悩む。

何事の起るともなく
何ものかひそめるけはひ。
執ふかきちからは、徐《やほ》ら、
おもき世を移し転《まろ》がす。

窓の外《と》につづく草土手。
きりぎりす気まぐれに鳴き、
それも今、はたと声絶え、
うすぐもる日は蒸し淀む。

青蜥蜴《あをとかげ》つと這ひいでて
茅《かや》が根《ね》を走りすがへば、
ほろほろに乾ける土は
ひとしきり、崖をすべりぬ。

生臭きにほひは、池の
うはぬるむ面《おも》よりわたり、
山梔《くちなし》の花は落ちたり、——
朽ちてゆく時の亡軀《なきがら》。

何事の起るともなく、
何ものかひそめるけはひ。
眼《ま》のあたり溶けてこそゆけ、
夏の雲。——空は汗ばむ。

秋の歌

しめやげる精舎のさかひ。
石だたみ長くつづける、
そが上を「秋」はもとほり、
柔らかき苔に咽《むせ》びぬ。

列《なら》び立つ影のふかみに
智識めく樅《もみ》の高樹《たかぎ》は
鈍《ね》びくゆる紫ごろも、
合掌のすがたを摸《まね》ぶ。

しめやげる精舎のさかひ。
すすり泣く夢もやあると
ひそめきて音にもたてず、
ひるがへる愁の落葉。

細りゆくこころに、われは
かぎりなき静寂《しじま》を覚り、
ほのかなる花のゆらぎに
煩悩の薄らぐを知る。

花の色、芙蓉の萎《しな》え、

おとろへの眼《まみ》のもだしを
寂びの露しみらに薫《くん》ず。──
かにかくに淡きまぼろし。

「秋」は今、御堂に消えぬ、
誘はれてうかがひ寄れば
ほの暗きかげに燦《きら》めく
金色《こんじき》の御龕《みづし》の光。

苦悩

夙《はや》くより「快楽《けらく》」の外宗徒《げしゆうと》、言ひ知らぬ苦悩ぞつづく。
今まさに「命」の夜を、密室は鎖《とざ》してもあれ、
戦《をのの》ける「想」の奥に「我」ありて伏して沈めば
「魂《たましひ》」は光うすれて、塵と灰「心」を塞ぐ。

怖しき「疑」は、噫《あゝ》自《みづから》の身にこそ宿れ、
他人《あだしびと》責めも来なくに、空しかる影の戯《たは》わざ。
こはいかに、「畏怖」の党《ともがら》、群れ寄せて我を囲むか、
脅かす仮装《かりよそほひ》に松明《たいまつ》の焰靡《なび》けり。

また此処に窺ひ寄るは「怨嫉《をんしつ》」の里正《むらをさ》ならむ、
裸身《はだかみ》の像《かた》を擲《なげう》ち、これ踏めと罵り逼る。
そを見れば、浅ましきかな、若やげる「歓楽」の像、
美《うるは》しき御身《みみ》の上には傷許多《あまた》既に出で来ぬ。

転ばねば尽きぬ迫害。——硫黄沸く煙に咽ぶ
火の山の地獄の谷をさながらの苦悩に呻き、
死《う》せて後活《のちい》くと思ひぬ。「魂」の夜の祭壇、
我はまた静かに念ず、変若《をち》反《かへ》る「命」の秘事を。

現世《うつしよ》に生れて来べき身肉《ししむら》の「命」ならずば、
「永劫」も徒《あだ》なる名のみ。仮令《たとへ》我鬼畜に堕ちて

贖《あがな》ひの責苦受くとも、常少女《とこをとめ》、この「歓楽」を
身に代へて護りてあらむ、これこそは天主の姫と。

痴夢

うつろなる憂愁《うれひ》の窓をしも、かく
うち塞《ふた》ぎ、真白にひたと塗り籠め、
そが上に垂れぬる氈《かも》の紋織《あやおり》、——
朱碧《あけみどり》交らひ匂ふ眩《まば》ゆさ。

これを見る見呆《みほけ》にこころ、惑ひて、
誰を、噫、請《しやう》ずる一室《ひとま》なるらむ。
われとわが願を、望を、さては
客人《まらうど》を、思ひも出でず、この宵。
ただ念ず、静かに、はた円《まど》やかに、

蠟《らふ》の火を黄金《こがね》の台に点《とも》して、
その焔幾重《いくへ》の輪をし繞らし
燃え据る夜すがら、我は寝《いね》じと。

徒然《つれづれ》の慰《なぐさ》に恋の一曲《ひとふし》
奏《かな》でむとためらふ思ひのひまを、
忍足、寄り来る影こそはあれ。――
わが血潮、この時、恐怖《おそれ》に沈む。

長き夜を盲《めし》ひし影は往来《ゆきか》ひ、
懶《ものう》げに花文《けもん》の氈をゆすりて
喘ぐらむけはひに、盛りし燭の
火《ほ》むらさへ、益《やく》なや、しめり靡きぬ。

痴《し》れにたる夢なり。こころづくしの
一室には、誘はぬ客人黙《もだ》し、
気疎《けうと》げにはためく悔の蝙蝠《かはほり》。――

さもあらばあれ、など怯ゆる魂《たま》ぞ。

滅の香

わが胸の奥なる秘所《ひそ》を
誰人《たれびと》か尋《と》めて知るべき。
寂に倦む壁の面《おもて》は
箔置《はくおき》もいつしか褪せて
そのかみの栄《はえ》は音無き
金粉の塵にや雑《まじ》る。
滅《めつ》の香《か》ぞ、ひとり咽びて
ほの暗き一室《ひとま》を薫《くゆ》す。
さてもあれ、幾代のかげに
潜《ひそ》みゐる夢の許多《ここだく》、
折に触れ往《ゆ》き来《か》ひぬれば
昨日見しすがたの如《ごと》も

幻は浮びただよふ。
ある時は、濃き緑青《ろくじやう》の
牧の氈《かも》眼を駭《おどろ》かし、
咲き誇る紺瑠璃の花、
頸垂れ甘寝《うまい》に耽《ふけ》る。
こは何の占徴《うらかた》ならむ。
ただあるは酔《ゑひ》のここちぞ、
その外に事もなかりき。
ある時は、牲《にへ》の白牛《しろうし》、
繋がるるさまこそ映れ。
朱《あけ》の血は迸《ほとばし》り出で、
肥太り脂《あぶら》づきたる
その軀《み》をば斑《はだら》に染めぬ。
いかならむ祭の場《には》か、
人影はいづくにもなし。
ある時は、こは何事ぞ、
正眼《まさめ》にてわが上に見る

愛慾の深き傷痕、
蛇《くちなは》の鱗《いろこ》なしつつ
文《もどろ》げる己《おの》が姿を、
忌はしとおもふ間もなく、
幻は滅《き》え失《う》せにけり。
げにも彼の猟夫《さつを》に追はれ、
小牡鹿《さをじか》の八谿《やたに》飛び越え
躍るらむことのごとくに、
業《ごふ》の身は頻りに転ず。
奇《あや》しきは妄執の牽く
窮みなき輪廻の世界。
歓楽はたまさかにして、
悪はしも多《さは》にありなむ、
さはいへど夢に通へば、
前生《さきのよ》はすべてなつかし。
現世《うつしよ》のあまりに辛く、
その想貧しかるとき、

宿世《すぐせ》をば現《うつつ》に招《を》ぎて
人間の苦悩を忍べ。
物は皆化現《けげん》のしるし、
黙《もく》の華《はな》、寂《じやく》の妙香《めうかう》、
さながらに痕もとゞめぬ
空相の摩尼《まに》のまぼろし。

煩悩

懈《たゆ》げの夜を煩悩は
狎《な》れてむつびぬ、涅槃那《にるばな》に。
たわやぐ髪に身を捲かれ、
いよよ迷ひぬ、涅槃那に。
壁に描ける妄執の
花も奇《あや》しく匂ひいで、

幽《ほの》かに照らす燈火《ともしび》に
媚びしなだるるその姿。
見れば瑪瑙の色も濃き
甘寝《うまい》にひたる涅槃那よ、
白き衾《ふすま》の和栲《にぎたへ》に
嫋びしなゆるあえかさや。

愛慾の蔓まつはれる
窓の夜あけを警《いまし》めて、
鸚鵡の声は陀羅尼《だらに》めき
招《を》ぎや出《いづ》らむ、智慧の日を。

閨《ねや》の一室《ひとま》の呼息《いき》ごもり、
くもりてありし鏡さへ
晴れてはゆけど、影と影、
醒《さ》むる素膚《すはだ》にまた迷ふ。

穎割葉

日は嘆きわぶ、人しれず、
日は荒れはてし花園に。――
花の幻、陽炎《かぎろひ》や、
蒼白《あをじろ》みたる昨《きそ》のかげ。

日はひた泣きぬ、穎割葉《かひわれば》
芽《めぐ》む縺《もつ》れを花園に。
日はいとほしむ、穎割葉、
縒《よ》れ捩《ねぢ》れたるその性《さが》を。

廃《すた》れすさめる園内《そのぬち》に
醒むる「命」のはしけやし、
生ひたつさきの予《かね》てより
狂ほしくさへ見ゆるかな。

斑葉《いさは》の蔓に罌粟の花、
畸形《かたほ》に咲くを、酔ひ痺れ、
我と愛《め》づらむ忍冬《すひかづら》。——
種子《たね》のみだれを日は嘆く。

沙は焼けぬ

沙《いさご》は焼けぬ。蹠《あなうら》の痛きもをかし。
渚べの慣れし巌かげにころぶして、
磯草の斑《ふ》に敷皮の驕奢《おごり》を偲び、
いざ此処に、限りなき世の夢を見む。
望もあざれ、眼も眩《くら》み、心も弛《たゆ》く、
人の世の岸にさすらふ痴《し》れ惑ひ、
響動《どよも》し返す渡津海《わたつみ》の言葉に怯《お》ぢて

昨日こそ暗き想に溺れしか。

今日や夢みむ、幽玄の象《すがた》を暫時《しばし》。
折もよし、鬱憂《うついう》は密に這ひ出て、
狭霧《さぎり》くゆれる荒山《あらやま》の彼方の森に
故郷《ふるさと》の真洞《まほら》覓《もと》めて行きぬらむ。

爾《しか》こそおもへ、無益なる賢《さか》しらぶりと、
薫習《くんじふ》は我と我身を嘲りぬ。
げにも劫初の森の香《か》はなほも残りて、
素肌なるわが肉《しむら》に悲しめる。

噫《ああ》、その朝《あした》、その森は無為の殿堂《みあらか》、
蛇《くちなは》は無智の巫《きね》たち。苔匂ひ、
木の葉戦《そよ》げるその中に、毛の和物《にこもの》と、
我やまた深き日影に臥《こや》しけめ。

わが身に潜み黙《もだ》しゐる鹿の子を知れば、
住み馴れし森をば離《さか》り、しほからき
海のほとりをたもとほる運命《さだめ》懶《もの》く
なかなかに人の姿の辛きかな。

大和田《おほわた》の原、天の原、二重《ふたへ》の帷《とばり》、
怖しき謎は空虚《うつろ》の世をつつみ、
風の光の白銀《しろがね》に、潮《うしほ》の藍に、
永劫は経緯《たてぬき》にこそ織られたれ。

幽玄の夢さもあらめ、身は疲れ果て、
踏みしだく沙も暗むここちして、
妣《はは》の国べを望みつつ涕泣《いざち》てあれば、
波頭《なみがしら》ただここもとに崩れ寄る。

またも此時、鬱憂は跫音忍び、
いと重き罪を負ひぬる姿して

還《もど》りてぞ来る。魂の久しき侶《とも》よ、
離れてはえあらぬさまの懐かしき。

大鋸

大鋸《おが》を挽く緩《ゆる》きひびきは、
ひとすぢに呟くがごと、
かぎりなき呻きのごとも。

河岸に立つ材小屋《きごや》の内ゆ
その鈍きひびきは起る。――
悩ましき不断の歯がみ。

懶《たゆ》げなる風は伊吹きぬ、
なま青き水の香《か》と、はた
赭《あか》らめる埃のにほひ。

幅広の大鋸のひびきは、
砂原を獣の屍《かばね》
重たげに曳きゆくかとも。

はらはらと血の滴《しづく》なし
挽屑《ひきくづ》の散らぼふあたり、
材《き》の香《か》こそ深くも咽《むせ》べ。

大鋸はまた緩く動きぬ。
夕雲の照り返しにぞ
小屋ぬちは燃ゆるさまなる。

大鋸挽や、――こむら、ひかがみ、
肩の肉《しし》、腕《かひな》の筋《すぢ》と、
前、後、屈み、膨《ふく》だみ、

素肌みな汗にひたれる
折しもよ、材の香のかげに、
われは聞く、蝮《はみ》のにほひを。

夕闇の這ひ寄るなべに、
大鋸挽は大鋸をたたきて
戯《たは》けたる唄の濁声《だみごゑ》。

浄妙華

夜も日もわかず一室《いつしつ》は、げに怖しき電働機《モオトル》の
声の唸りの噴泉や。越歴幾《エレキ》の森の奥深く
奇《く》しき獣や潜むらむ、青き炎を牙《き》に嚙めば、
ここに不思議の色身は夢幻の衣《きぬ》を擲《なげう》ちぬ。

かの底知れぬ渡津海《わたつみ》も、この威力ある人生の

現実にしも較べなば、眠れる自然、暗き胸、
ただ寝《ね》怯《おび》れて悪相の魚に戦《をのの》く姿のみ。
これは調和の核心に万法の根を耀かす。

旧きは既に廃《すた》れゆき、また新しく栄ゆべき
都の街の片成りに成りも果てざる土の塊《くれ》、
塵に塗《まみ》る草原《くさはら》の、その真中《ただなか》に怖しき
大《だい》電働機《モオトル》ぞ響きける、夜も日もわかず絶間なく。

船より揚げし花崗石《みかげいし》、かなたの岸に堆《うづたか》く、
また眼を遣れば断え続く煉瓦の穹窿《アアチ》、黒鉄《くろがね》の
軌条《レエル》の蜘手《くもで》。人はこの紛雑の中に埋《うづも》れて、
願はあれど名はあらず、力と技に励みたり。

噫《ああ》、想界に新たなる生命《いのち》を享《う》くる人も亦、
胸に轟く心王《しんわう》の激しき声にむちうたれ、
築き上ぐべき柱には世の実相を深く刻《ゑ》り、

誉《ほまれ》求めぬ汗にしも汝《なれ》が額《ひたひ》はうるほはむ。

げにも車の鉄の輪《りん》、軸《ぢく》に黄金《こがね》の差油《さしあぶら》
注げば空《くう》を疾《と》く截りて、大音震ふ電働機《モオトル》や、
その勢ひの渦巻の奥所《おくが》に聴けよ、静寂《じやうじやく》を。——
活《い》ける響の瑠璃の石、これや真《まこと》の金剛座。

奇《く》しくもあるかな、蠟石の壁に這ひゆく導線は
越歴《エレキ》幾の脈の幾螺旋《いくらせん》。新なる代《よ》に新なる
生命《いのち》伝ふる原動の、その力こそ浄妙華《じやうめうげ》
法音開く光明の香《にほひ》ぞ人に逼《せま》り来る。

有明集以後

鸚鵡

嫋《なよ》びかに燻《くゆ》る日ざしの香《か》の淀み。——
夢かのここち、羽づくろひ微睡《まどろ》む鳥よ。
あはれ、あはれ、われは愛《め》で痴《し》る、無言なる
鸚鵡の胸のふくらみを、嘴《はし》のまがりを。

緑濃く塗りたる籠を家として、
音にもたてぬ温き雪の翼や
かくてこそ思へ、寂しき棲木《とまりぎ》に、
惑はぬ鳥のいひしらぬこころにくさを。

歓楽《よろこび》も羽交《はがひ》に包むあきらめか、
はた追憶《おもひで》の森の隈《くま》ふかくたどるか、
頭《かうべ》垂れ、つぶらの眼《まなこ》まじろがず、
真白《ましろ》の衣《きぬ》のゐずまひぞ聖僧《ひじり》めきたる。

しかはあれ、黄昏時となるままに、
胸も裂けよと、うつたへに、声ふりしぼる。
そが故に、なほ愛で痴れぬ、いや深き
夜の無言に入りぬべき白き鸚鵡を。

幻覚

病《やまひ》を痛むめざとさに、
二朝《ふたあさ》、三朝《みあさ》、遠く聞く
大河端《おほかはばた》の船の笛、——
今も伝へぬ、夜明がた。
気疎《けうと》き響、濁《だ》みぶとの
声を顫はす船の笛、
静まり沈む街なかの

闇にこもりて朝まだき。

病めるわが身の病める魂《たま》、
恐怖《おそれ》を誘《ひ》きぬ、濁りたる
声の底なる警戒《いましめ》や、
呼息《いき》も苦しき船の笛。

漂ひわたる河の靄、
（眼にこそ浮べ。）船室に
倦みて爛るる燈火《ともしび》と
火塵《ひのこ》を乱す黒けぶり。

今、桟橋を一群の
おぼろの姿ひそめきて
船に移りぬ。河の面《も》は
火塵を滅《しめ》す黒き靄。

熱に悩める節々《ふしぶし》の
痛みに交じる幻は
すずろに疼《うづ》く。かかるをり、
またも催す船の笛。

日の目を避《よ》くる一群は
ひそめきあひて、何処《いづく》へか
去《い》ぬる。――死の船。ひたひたと
潮《うしほ》は寄せぬ、なまぐさく。

その乗合《のりあひ》に求むれば
わが身の影もまじるらむ、
熱に悩めるふしぶしの
痛みに籠る黒き靄。

ただ眼《ま》のあたり火塵散り
機関の響、高まりぬ。

かいだゆき手をさしのべて、
我身の影をわれは呼ぶ。

途上

歩みなれたる路《みち》なれど、路のまがりの
角に立ち、惑ひぬ、深くあやしみぬ。
光と影よ、たまゆらの胸のをののき、
夢みつる夢ぞ行手に浮びたる。

光と影の欺瞞《たばかり》に描ける夢か、
わが霊《たま》はわが肉《しし》むらの壇の上、
声も顫へて、いみじくも、歌ひ出でぬれ
路のべの木々の瑞葉《みづは》もさやさやと。
夢は夢なれ、忽に滅《き》えてこそゆけ。

残れるは胸のをののき、眼の惑ひ。
風に流れて幻は浮ぶとすれど、
おぼつかな、光と影は悲しみぬ。

灰白《はひじろ》みたる墻《かき》の壁ながくつづきて、
開かれぬ門《かど》の扉に黒鉄《くろがね》の
鎖《とざし》は、あはれ、いつよりか、鏽《さ》びて黙《もだ》せる。
追憶《おもひで》の井には沈める鍵の夢。

何処《いづく》ともなく聞ゆるは、たづたづしくも、
現実の譜をばたどれる楽の音、
あやも失《う》せたる寂寥の囚屋《ひとや》に起り、
波だちて、吐息に墜《お》つる楽の音。

古塔

悩み吸ふくちづけの
わびしかる音の嘆きと、
膚に染みいる蒼白き影の笛のね。——
その淫《たは》けたるながき吐息よ。

かかるをりなり、あな、あな、
わが額《ぬか》のうへに
生温《なまぬる》き滴したたる。——
灰色のしづくの痛み。

かくてまた鬱憂の
狭霧の中を、
おぼろげに匂ふ塔のかげ、
魂のかげ、滅《き》えぎえにして。
わが額の上、灰色の痛み隙なし。
塔も、今、溺れゆく霧の蒸《む》し香《が》に、

しみじみとおぼゆるは、
露盤の鏽《さび》の緑青の古き悲しみ。

しめやかに雨は降る

しめやかに雨は降る。
苔生ひ蒸して
寂びまさる冷たき土に
滅え入る雨のおもひ。

物の噪《さや》ぎ、深き悔、悲しみ、
いちやうに鈍《ね》び朽ちて、
小暗き隈へ。——あな、落葉、
しめじめと声もなき落葉と雨と。
雨はただ苔に滅《き》え入る。張りもなく

疲れし胸に、わが身に、
古びし園に、世界に、ひとりあるは
灰色の影の淀み。

音もなく雨は降る、——
褪色《あせいろ》の髪振りみだす雨の衰へ。
しかすがに痴《し》れたる我は今聞き恍《ほ》けぬ、
纏き絡む白ただむきの怨情《うらみ》をば。

雨は降る、しめやかに。
彼誰時《かはたれどき》をわりなくも
蛇《くちなは》のごと捉へて放たぬ
女人《をみな》の白きまぼろし。

落日

日は落ちてゆく、黄褐《わうかつ》に——
落葉の色に。

痺れたる神経の
まどはしき絵模様を、
いとも強き刺戟の夢の名残を、
染め出《いだ》す落日の
黄褐の深き酸敗。
鈍き、鈍き都会のゆふべ……

なほも、聴く、朧げの光の中に、
艶《えん》なる人の組みあはす、柔き、
白き小指《をゆび》の秘密を、
静かなる眼の饒舌《ねうぜつ》を、

磨きたる爪を透く血の薄色の印象を。

痺れたる神経の刺戟の名残、
落日のまどはしき絵模様の
黄褐の主調に、痛ましく
滅びゆくなる幻覚の深きにほひ。

わびしき思は残る――永久《とは》に……
唱礼の供養の僧の物倦《ものうん》じ……
蒼める風の吐息よ……今、
聴きわき難き臨終の
褪せにたる言《こと》の葉の幽かなる
光のゆらぎ――日は沈む。
あな――黒き、黒き都会の燈影《ほかげ》……

印象

雨を催す夕暮の
重たき空に漲れる
鈍色《にびいろ》の雲と、その雲に肖《あや》かりて
澱《をど》みたる小暗《をぐら》き堀江と。

頭《かしら》の上を、今、
黄昏の鳥ぞ羽ばたき過る。——
わが深き心の面《おも》に黒き斑点《しみ》、
ふと落ちし黒き鳥の影の斑点。

げにも癒しがたき創傷《きず》かとばかり
とろろげる堀江の水の、
音もなく、吸ふよ、ひた吸ふよ、
河沿の小家《こや》に点《とも》りて嘆く灯影《ほかげ》を。

更に見よ、夢のごと打架《うちわた》したる古橋の、
朽板橋《くちいたばし》の欄干《てすり》に凭れ、
おぼろめく人の姿。その彼方《かなた》には
むやひたる船かある、帆柱の唯一つ。

あはれ、あはれ、わが深き心の面に
羽ばたきめぐる黒き斑点滅《け》ちがたく、
重たき額《ひたひ》を打つは、この時、
冷たく、疎らなる雨のしづく。

水　禽

静やかに波だたぬ
古池の淀みに映れる
をぐらき樹々の

影のわびしさ。

かかる眺めには、
ひしと嘆かるるや。——あな、
呼息《いき》絶ゆる水の面を
蒼白みたる光ぞ咽ぶ。

いとも凄まじく
にほひもあらぬわが夢よ、
寂びたる冬の池を、胸毛真白に、
水禽《みづとり》はまどろむけはひ。

暗《くら》みゆく「想」の空より
霙《みぞれ》は、今、池の面にしづれ落つれど、
浮びて、身じろがぬ
水禽の夢見ごこち。

神ほぎ

晴れわたりたる秋の日なり。
爽やかなる空の鏡に
(穢れにし都会も今日や禊《みそ》ぐらむ。)
映りかぎろふ銀杏《いてふ》の高樹。
忌々《ゆゆ》しく、いつくしき銀杏樹《いてふ》の
浄《きよ》まはりたる装ひに
えも言ひがたき
秋の葉の淡き黄金《こがね》の光。
あまりにも清《すが》しきその姿見て、
わがこころ、都会の
惨《いた》ましき刺戟に疲れたる
甲斐なきこころは、今、忍び泣く。

威も高《たか》に、かつ妙《たへ》なる注連木《しめぎ》よ。
日影そのよそほひを照らせば、
ここに黄金《こがね》の神祝《かんほぎ》なして、
声なき声のかがやきは天《あめ》を揺る。

げにも産土《うぶすな》の神の森ぬきんでて
孤《ひと》り立つ銀杏の高樹、その奇魂《くしみたま》を
爪だちて仰《あが》ぎ崇むれ。しかすがに
わが悲しみは更にまた深まさりゆくかな。

破　滅——衰頽的夜景

壊《くづ》れた月がぼんやりと空に踉《よろ》めく。
赤みさした黄ろい月影が夜半《よなか》すぎの
さびしい街の並木の枝にもつれかかる。

なまぬるい風が、今、こつそりと通つてゆく。
それはものも言はずに、よしもない淫楽の
夢に耽つて、悶え苦しむ吐息のやうに。

物かげからは蒼白い紙の屑が——怯えた
小鳥か。——湿つぽい敷石の上を、
廃《すた》れものの衰へた声で嘆き転《まろ》ぶ。

埃がたつ。——夜半すぎの貧血の街を
生臭い埃の幻が月の光に黄ばんでは滅《き》える、
肉《しし》むらの饐《す》えた匂ひの残る四辻を。

そしてそこには瓦斯が無益《むやく》に点つてゐる、
絶えず軽い地震でも揺《ゆ》つてゐるやうに顫へて、
無益であるからに何となく凄じく。

然《さ》うだ、不測の災厄が、破滅が、今、
寝静まつたのではなくて、呼息《いき》を殺した
夜の街を襲はうとしてためらつてゐる。

ぼんやりした空に溶け入る黒い家《や》の棟、
それに思ひもかけず、頼りない夜の神経が、
この時、奏でたのは、佗しい頽廃の接吻《くちづけ》。

破滅の酒に酔つて赤みざした月が空に踉めく、
疲れた空に。——そして人間の街は寝おびれる。
壁にもたれた魔性のものの薄青い笑声。

いつ月が眩《くる》めき倒れて、いつ夜が明けるやら。

赤き破滅

ねずみだつ雲の下《もと》に、
声高き色ひとつなく、
日も照らさぬ谷あひの
風景は、ただ、身動《みじろ》があり。

そが中に列並《つらな》む杉の
乾きたる緑のにほひ、——
ほのかに咽びをののく脂《やに》の香よ、
立枯の樅の灰白《はひじろ》。

風もなき谷あひの山路《やまみち》を、
滅《き》えあへぬ霰ぞ
粒《つぶ》だてる痛みに黙《もだ》す。

この時、路は転《めぐ》りて、
まのあたり、われは見る、
崩れし崖の

血に滲む心の臟を。

わびしくも物すさまじき
自然の幻想よ、はた蠱惑よ、
赤き崖の土、赤き破滅の効《しるし》みせて、
ねずみの雲を嘲わらふ。

（天城山中にて）

冬の田園情調

からりと晴れた空から
白い光が降りそそいで、そして
青みがかつた霜が解けて、
あぶらづいた土の暗紫色。

畠には麦の若芽が、

冬ながらに、純緑の顫へごゐ。
その中で華奢な白猫が、おどおどと、
柔らかな脇腹で呼吸《いき》をする。

畠のむかうは疎らなからたち垣。
その垣の外はといへば、
今もなほ、古風な大師《だいし》詣《まゐり》のほこり路。
それで、時をり、鈴《りん》の音《ね》が鳴る。

静かな頭《あたま》に白い光が照りかへし、
頸にかけた大きな珠数《じゆず》もきらめく。
札所の歌の、あのねむたげな節《ふし》まはしよ。
うらわかい女の声もする。

冷血と倦怠

蛇《へび》は、見よ、脇腹の赤黒きその斑紋を、
みづからの身をたまさぐり回転《くるめか》しつつ、
生気なき草の縺れと絡みあふ膚の鱗《いろこ》に、
湿熱の醱酵を、日の毒を、耽り楽しむ。

蛇はその瑠璃の瞳を徐《おもむろ》に見据ゑたり。
阿芙蓉《あふよう》のとろろぐ酔を濃やかに味ふがごと、
いつもいつも陰気に閉す大地《おほつち》の深き私語《さざめごと》、
星体の人に知られぬ淫蕩に聞き恍けぬるか。

その瞳定めなく、或時は予言者のごと、
或時は生《せい》の無智、兇悪の謀計《たくらみ》を籠め、
かくて今、熱き野の倦《うん》じたる草の眠《ねぶり》に
微かなるをののきを伝へつつ蜿《うね》りうねりぬ。

我《われ》と我《わが》冷血の身を所在なく弄びぬる、
あはれ、その物哀しさよ。かかる野の、かかる真昼の
迷眩《めいげん》の物哀しさよ。怯えたる虫は啼き止み、
遠方《をちかた》の家畜の呻き、それのみぞ雲に蒸し入る。

或る日の印象

燻《いぶ》り蒸す風景よ。小流《こながれ》をうねりうねりて、
とろとろに爛れたる銅《あかがね》の湯は漲らひ、
その岸に傴僂《せむし》なる身を伸《の》す童《わらは》の一人。
素裸の肋骨《あばらほね》日に萎えて高熱を病む。

その童、とかくして、抄網《たも》を手に徐《やを》らさしのべ、
とろみたる銅の水底をかい捜りつつ、
蒼びれし太陽を魚かとぞ掬ひすくへる。

いつまでと果しなし、無益なる無言の戯れ。
彼方《かなた》には、この夕、人間の屍骸《しかばね》焼くか、
白く黄に、灰汁《あく》のごと濁りたる煙騰《あが》れり、
工場《こうば》にもありぬべき赤煉瓦、ただぐらぐらと、
酔ひ痴れし烟突《えんとつ》の吐く煙、こはまた真直《ますぐ》に。

見てあれば、わけもなき空虚《うつろ》さはすべてを封じ、
世は、あはれ、啞となり、とろみたる湯川掩ひて
黄泉《よみぢ》なす闇の香の呪《まじ》こると知るや知らずや、
軟骨の童のみ落日の死軀《むくろ》を捜る。

明　星

わが魂は、今も今とて、
妄執の波を潜《かづ》きて夢ごこち、

長夜の闇に浸るかと見えつるを、こはいかに、
死の如き青き眼をば瞬《みひら》きぬ。

わが魂は死の如も青き眼みひらき、
無明の暁《あかつき》を想ひめぐらしつつ、
ここに緑と金の明星を造り出で、
そが光もて目蕩《まど》める愛欲の胸を耀かす。

わが魂の沈黙《しじま》より生れ出でし光の鳥よ。
緑と金の翼羽《は》ふきて煩悩の天《そら》を翔れば、
かの薄伽梵《ばがぼん》の昔日《そのかみ》の禅悦にはえも及ばね、
御弟子阿羅漢《みでしあらはん》の微笑だに智慧なき我は羨まず。

然《しか》はあれ、明星よ。汝《なれ》を造れるわが魂は、
却《かへ》りて汝が厳《いつ》くしき光の中に哺《はぐ》くまれ、
唖となり、唖となりたる魂の無言の歌は、
幻の、流転の楽の音に融けてぞゆかむ。

蹠土《あなうらつち》を踏まず、妻《め》をも去らず、
時には自我の王となり、はた官能の奴《やつこ》となれども、
そはさてもあらなむ。如来《にょらい》よ、わが魂は
おふけなくも、緑と金の星をば造り出でたり。

雪　景

恋をそそる待宵草《まつよひぐさ》のほのかなる黄と、
失神した玉簪花《ぎばうし》の青と紫と、
日向と蔭と、斑紋と縞とで、
一面の雪は霧と陽炎の絨氈《じゆうせん》。

疲れた七宝《しつぽう》のゆらめく光彩、
なまこ釉薬《ぐすり》にうるほふ陶器の膚《はだへ》、
おぱあるの海、蛇の眼の緑の反映、

泡だつ淵瀬を曇らす鹿の血しほ。
そこにはまた湯気に蒸しかへされた
女の素肌の恍惚たる悲しみと、
死の須弥壇《しゆみだん》を照らす燭の火の
皮肉な物凄い異様なひらめき。

一面の雪は褪せてゆく金の霧と
呼息《いき》をひきとる紫のかげろふ。
うちつづく畑《はた》のうねりの無限の列は、
昏倒する尼僧の礼讃の韻律。

あな、切りたてた光の壁、その烈しい一撃。
燃ゆる地獄の暗黒にわが眼は眩み、
うちのめされたわが魂の創痕《きずあと》は
冷刻な烙印《やきいん》の爛れた朱のくちづけ。

凝視

われは今一つの壺を描く、
唯一つの焼け爛れた壺——それにて足る。
毒の蜜をみづから甜《ねぶ》る花の唇も無く、
蛇の女の瞳も無く、不朽な書の木乃伊《みいら》も無く、

精巧な帷《とばり》も無く、はた壺を載せる卓《つくゑ》も無けれど。

壺——溶けとろむ火と灰の凝視者。
しかも一切は其処に、——陶器《すゑもの》の地膚に、
その口に、その耳に、その肩に、その腹に、
見よ、其処に、頽《なだ》れ薬の動き絡む色彩を、
無限に沈み無限より湧きたつ霜と焔とを。

われも又さながらにその壺に入る、

壺に入り、壺に収まり、壺となり、壺と目醒む。
火に媚びる蜥蜴《とかげ》と殻を脱ぐ人魚の歌と、
日々夜々に爆発する天体の烽火《のろし》と、
それ等はすべて壺に。――われは壺を凝視す。

火と灰なる壺は、また壺なるわれを擁《いだ》く。
わが身の荼毘《だび》と、わが生の開展、
輓歌と法悦と讃嘆と。――あはれ、今、色は色を呼び、
地膚の海から流れ出る頽《なだ》れ薬、力の膏《あぶら》、
霜と焔の嵐は、唯一つの壺を描く。

わが壺よ、壺にありて凝視し、我にありて開展す、
我にありて凝視し、壺にありて開展す、
壺は壺を隠し、壺は壺を現はす。
われもまた、ここに壺を描き了《をは》る、
焰と灰の壺を、日々夜々に爆発する星の一つを。

荒野

見とほしもきかぬ荒野《あれの》のなかで、
倦まずに樹が伸び、樹が嘆くよ、
まばらなねずみ色の枝に、
ねずみ色の葉が懸り、
いつもまばらな色ざめた葉と葉とが、
おごそかな一つ調子で、
絶えず絶えず、荒野の歌をうたふ。
絶えず歌ふ。――ああ、歌ふといふのか。
見よ、今、その樹のかげに、おごそかな、
まじろがぬもののかげが纏ひつく。――
永劫の、悲哀の、菩提の座よ。
わが身は、いつしか、その樹のかげで、
滅《めつ》の宴に入り、否定の夢に酔ふ、

荒野の歌に溺れながら。

見よ、また、忍辱《にんにく》の樹のまばらかな
葉と葉とが合掌する、合掌する。
影もなく音もなきつむじ風の中で、
ひとつ調子のおそろしい力が、
あはれ、あはれ、光明が、そこに飛ぶ。
永劫の荘厳を荒野として、
するどい光明が雲母《きらら》のごとく、
ねずみ色の悲哀のうちに飛びゆくよ。

思想の驕りなる滅の宴、
おもひあがれる否定の夢のためにも、
わが身のためにも、おごそかに、
合掌するもののかげがある。
眼も迷ふ大象徴の荒野のただなかで、
われもまた、おのづからに合掌する。

永劫の荘厳を絶えず歌ひつつ、
わが身は伸びる、また合掌する。

狂　想――或日の都

熱しただれた銅《あかがね》の粉末、
いきれ悩む灰の野原、
乾いた海に非実の破船、
人々よ、そこに擁《いだ》け、夢幻の胎盤骨《たいばんこつ》を。

頬を、見よ、不《ふ》定《ぢやう》の灰の頬を、
紫の創痕《きずあと》から滲《にじ》み出る笑ひ、
暗緑色の刺《とげ》から咲いた花。
怨恨の灰が積りに積る。
ただ執着に生きたる記憶。

崩れあひ、乱れあふ無智の更紗《さらさ》。
解体した埃の野原、あはれ、その真中《ただなか》に、
おびただしい颶風《ぐふう》の殿堂。

其処にまた畸形の耳を聴け、
時劫の力に捩《ねぢ》れ歪む耳の螺旋を、
不可思議の諧和を、ただ聴きに聴け。
人々よ、さて味へ、銅《あかがね》の眼を。

高熱の埃《しん》にまみれた野原。
乾いた心の臓の大海に
今ぞ灰《にれ》だつ血液《がし》の満潮。——
誰か反芻む、海豹《あざらし》の影の笑ひを。

出現

濛々とたちのぼる紺青《こんじやう》の煙が
速《すみ》やかに廻転する真紅の焔を捲きしめる。
熱し憤つて、それでもまだ冷かな白金の星から、
瑠璃いろの電光が大屈折を描く。

無数の豹の雲が満天に犇《ひしめ》き合つて、
血の気を失つた火山が戦《をのの》き、よろめき、
沈みもやらぬ落日が皮肉なる裸形《らぎやう》に蹲《うづく》まり、
金と青との鸚哥《いんこ》が地に伏してせせら笑ふ。

更にまた橄欖《かんらん》と胆礬《たんばん》との熔岩がなだれ落ち、
真紅の焔が結晶しては溶解し、
広大な青蓮華《しやうれんげ》が一切を包むその隙《ひま》を、
緑と真珠の海が出現の歌を受胎する。

不死

鸚鵡《あうむ》の窓にわが身は燻《くん》ずる。
わが名を歌ふものがある、何処かで。
鸚鵡の窓から火の如き雪の光が射し下《お》ろす。

鸚鵡は火の如き雪の光に埋もれて、
翼は焼け胸は凍る。わが鸚鵡は死にたるか。
わが名を叫ぶものがある、わが身の血の脈《すぢ》に。

われは醒め、われは眼をひらく。
わが名を慕ふものなし。ただ火の如き雪の光が、
わが身を焦熱の焚木《たきぎ》とし、また碧《あを》い氷とする。
されど、されど、われは醒める、死ぬことなし。
われは再びわが名を叫ぶ声を聞くことなく、

火と雪の海に唯ひとり讃嘆する。

光明の律と清浄の韻に
わが身肉《しんにく》を深く刻みつつ、
死なぬわが身をわれは驚き、且つ愛す。

船人

碧《あを》い海のむかふには何があるのか、
降りそそぐ光ときらめく浪の穂。
しかも深い足どりで歩む物のかげは
潮風に鈍色《にびいろ》の衣をひるがへし、
重たい掌《てのひら》で世界をおしつつむ。
遠い海のあなたに何が待つのか、
折々は泊《は》てる小港もあらうし、
たとへ黒い颶風がおそはうとも、

それはつとめて凌げようが、
それよりも恐ろしい「空虚」
その鈍く形もない掌を、
誰がこくめいに彫つて、彫つて、
金の星を象眼するであらうか。
かくておのが星を、あやまたず、
大海原の空にかかげるであらうとき、
これぞ自らの目あての火、
人間の一心の歌。
しかせよ、あはれ、船人のとも、
神かけて、しかあらせよ。

山姥（ものろおぐ）

さあ、何と云はうか、世の中も変つたなあ。——
この姥《うば》はやはり姥、そなたもやはりむかしを、そのままのをさな姿。おお、さうだ、うふふ。
かう云へばあまり変つてもをらぬがなあ。
そなたは雷神のおとし子、いや、それでかんとき、
この姥はそなたをさう呼んで育ててきた、
愛《め》でいつくしんで。おお、かんとき——よい名まへだ、
それだのに人間どもはきんときと云ひくづした、
さもあらう、よつぽどお財《たから》がお好きと見えるわな。
それから金太郎、金ちゃん——勝手だよ、随分、
しかし悪くはないなあ、そなたも知つてのとほり、
この姥は長い年月《としつき》山の木を数へてきた。
ひこばえが、実生《みしやう》がいつのまにか大きくなる、
引き伸してやりたいと思つたことも束の間、
枝葉が繁つて、栄えて、一抱へにもなる幹の強さ、素直さ、
毎朝夜あけがたに数へて廻《めぐ》るそのここち、
そなたにもその時の姥の機嫌がわからうのう、
それをな、人間は姥の山廻りと囃したてて
狂気のさたにしをるわい。だがな、ただむきを、

かうちひろげて、山姫を抱きすくめて、
旭日《あさひ》に酔つてゐる若木のはやりごころ、うふふ。
それにあやかつて若返らうと思ふのではないが、わしはな、
あらしに揉みくたにされた湖水の面《おもて》のやうに、
皺ばんで脂けのぬけた胸元手足——よく見ておけ、吾児《あご》よ、
わしも時々は、そんな姿を水鏡にうつすこともある、
それ、それ、白髪《はくはつ》は乱れ渦まく一陣の吹雪、うふふ。
さて、忘れてゐたよ、山の木は山のおたから。
千年の木群《こむら》から、むくむくと、雲気が立騰《たちのぼ》り、
大空《おほぞら》に漲りわたつて、あの厳《いか》めしい雷神をお迎へする。
さういふ時に勢あまつて逆落《さかおと》しにはためく霹靂《へきれき》、
雷火の鏃《やじり》に山の木はつんざかれるわい。うふふ。
さういふ時にそなたは生れたのだ、知つてはをるまいが、
この清浄な母胎にたつた一瞬間みごもつて、
そしてその雷火の収まらぬうちに出現したのだ、
天寵を蒙つたそなた、吾児、きんとき、
人間どもは雷火に打たれた木を削りとつて、

そつと守り袋に入れる、恐いやらありがたいやらでがなあらう。
わがままなものよ。天と地をつなぐいなつるび、
その交感の痕を山の木に遺して農地をな、
普くうるほす慈雨、——この姥には何よりの美酒《うまき》。
これ、どうしてゐるな、金時、聞いてゐるのかね、
この姥の現在のたつた今、いつしか歯が抜け落ち、
歯ぐきが骨だち、こんなにすぼんだ唇から、
喘へぎ喘へぎ吐き出すこの言葉を、おおさうだ、
かんとき、いや金太郎は、何も知らぬげに
遊び呆けてゐるのか、やい。あの鉞《まさかり》を、
その鋼《はがね》のおもてにはくつきりと丹朱《たんしゆ》の蛇の象《かたち》、
永劫滅えぬ火炎の徴《しるし》——それを、うふふ、
どんな名器とも知らずに、軽々と提げ、
脚もとにそばへる熊の仔と戯れてをるわい。
うぃやつ。だがこの姥はおさらばぢや、
千歳《ちとせ》を存《なが》らへてきた姿も、ここらで滅《け》さねばならない。
世間では狼婆《おほかみばば》のざまをみよと、非人あつかひに、

さげすんだが、矢張ふらふら腰でこの姥をながめてござる。
狼は遠い世から人間どもの信仰の本体《もとざね》だよ、
狼のうぶやしなひ――そんなことを、今でも、
どこか奥山の隅でやつてゐるさうな。
その狼は人間をあやめ、田畠を荒らす、それを
厭うて、この姥の呪力を無理に買つて、
その瘦せさらばへた獣を山に祀つた。
狼は婆の眷族《けんぞく》、いや婆こそは山神《さんじん》ぢやと、
ご苦労のわけだが、そんなお伽話を伝へて、
この姥を立派な物狂ひに仕立をつたのぢや。
待てよ、今ではわしもおかげで、すつかり妖怪変化《へんげ》――
陰惨な雲に嘯《うそぶ》いて辻風を起し、巌《いはほ》を踏んで
千丈の深淵を飛び越すぐらゐは何のその。
谺《こだま》が時をり畏れをののいて呼息《いき》の根をとめる、
可哀さうに、あのやさしいこだま。おお、さうだ、
わしも、このわしも、ふつとして考へることがある。
巫山といふのは験《げん》のある高嶺《たかね》、それは海のあなた、

遠い広い大きな国の霊場ださうな、
ついうつかりしてたのぢや、この姥もな、一度は
その巫山の巫《みこ》たちの仲間であつたやうすぢや。うふふ。
巫山の雲雨、それから目もあやな廻雪《くわいせつ》の舞《まひ》——
おぼろげにうつる我とわが面影に執念の絆が断ち切れぬ。
だがこの姥も一度は幽玄の境に遊んでゐたのぢや。
どうしてゐる、これ金時、笑ふまいぞ、おさらばだ、
もう時がない。この姥はどうしたものか、急に頽《くづ》をれてしまつたわな。
そなたはいつまでもさかしい童子のまま、
いつまでも獣と戯れてゐよ、それで好い、うふふ。
承け伝へた神器《じんき》を、それその鉞《まさかり》を、力に任せて
気ままに揮《ふ》りまはしてはいけぬぞよ、秘めてゐよ。
神であり、人であり、獣であるそなたの
無垢の一身は平和と呼ぶ光明世界を
隠れ家として、一心に孤独を護れよ。
金時、姥は忘れをつたが、あの人手で造つた雷火、
さうぢや、げんしばくだん——胸がすくやうぢやわい。

まあ、あれなぞは序の口。自然の力、いや、
人間の力も恐ろしいものと、そなたは思はぬかや。
世界は変らねばならぬ、世直しがきたのぢや。
山の立木もめつきり少くなつた。見い、あの禿げちよろけ――
この姥の住家もむざと荒らされてしまつたわい。それも好い。
おさらばぢや、金時、もう時がない。ここらで
おさらばぢや。うふふ、うふふ、うふふ……

ロセッティ訳詩より

新生誕

暗がりで夜明を待ちつくし、さていち早く、うひ産《ざん》の
嬰児《みどりご》を、その母が認めるその時さながらに、
「吾妹《わぎも》」はじつと見つめて頬笑んだ。
その魂《たましひ》は孕み児が「愛」であることを知り、
且つは弁へてゐたが、命を賭けてのこの稚児《ちご》、
堪へがたき渇望の稚児は「吾妹」の胸の
くらやみに「愛」の胎動をつづけつつ、時迫り、
産声あげて産《さん》の紐は解かれるのである。

今、「愛」の翼に護られて、すでに生ひ立てる「愛」の
導くままに森に入り、真心こめて設《しつら》へられた
この臥床《ふしど》を見て、われら二人は互《かたみ》に切ない思ひを馳せる。
さて「愛」の歌につれて、二人の生身《いきみ》を離れた「魂」は「愛」の
嬰児として生れかはる、これぞ「愛」と「死」との結合による変相、
われらは唯「愛」の頭なる光輪にたよりてのみ死の境を超《こ》しては行く。

愛のまなざし

我は何時君を最《いと》よく見てあらむ、わが愛《め》づる君。
真昼時、双《さう》の瞳の神壇と比《たぐ》へもすべき
わが君の面輪《おもわ》の前に跪づき縋り頼めて
知りそめし「愛」をば斎《いつ》き讃《ほ》め称《たた》へありなむ折か。
或《ある》はまた彼誰時《かはたれどき》に、（ただ二人《ふたり》、他《ひと》も交《まじ》へず、）
対《むか》ひゐて、ひたと接吻け、その無言忠《まめ》に物言ひ、

朧々ほのめき匂ふ御姿《みすがた》になづさはりつつ、
わが魂《たま》の独正《ひとりまさ》しく君が魂見てあらむ折か。

あはれ、わが恋ふる君はや、君を見ぬ日こそは来らめ。
現世《うつしよ》の八十《やそ》の隈路《くまぢ》を求むるにその影もなく、
真清水《ましみづ》の池にその眼の映《うつ》ろはぬ日こそは来らめ。——
さて其日、「命」の丘の暗みゆく斜面《なだれ》の上を
辻巻きて音《おと》にやたたむ、滅びぬる「望」の落葉、
えも滅び果てざる「死《しに》」の打葉振《うちはぶ》く風の繁吹《しぶき》に。

合　歓

遂に二人の長い接吻がここちよく解放される。
風雨が過ぎ去つたあとで輝く下枝《しづえ》の木の葉から
最後の滴《しづく》が徐ろに、ふと落ちかかるかのやうに
めづらしくも脈搏は二人もろともに弛緩する。

二人の胸と胸とは、ちやうど絡みあつた草茎《くさぐき》から
夫婦花《めうとばな》が双方へ離れて咲いてゐるかと見えたが、
しかも二人の唇《くちびる》は別れ別れになつても、なほ
赤く燃えて、互《かたみ》に切ない思を通《かよ》してゐるのだ。

眠《ねぶり》は夢の水準よりも更に深目《ふかめ》であつたので、二人が
夢もない熟睡《うまい》に陥ちたのを見極めて、眠は引さがつた。
徐々として、再び潤つた光耀と湿《ぬ》れそぼちて打寄せた
芥の中から、二人の魂が浮び上るその時、彼は眼ざめて、
目新しい木々と流水の姿に驚いたが、それにも増して
驚かされたのは、彼女が傍《かたほら》に臥てゐたといふこと。

宿世の縁

吾妹《わぎも》よ、そのかみの日、さる一家庭で、二人が
生れ合はせたのは新婚のくみ戸であり、よしや胸に懐《いだ》き

膝にかきのせて育《はぐ》んだその母を弁《わきま》へずとも、
今に繋《つな》がる恵まれた宿縁を、そなたは認めたであらうか。
またその父は後《のち》にまうけた幾人《いくたり》の児たちに、
好意を尽したであらうとも、しかすがに二人は
互《かたみ》に問はず語りに物を云ひ、全《まつた》きこころを
通はしてゐたとでも云つたらよからうか？

さながらに、吾妹《よのつね》よ、そなたを初めて知つた時、
さう思つた、尋常の近縁といふよりももつと親しいものが
二人の魂を一つに結びつけてゐるのだと。
どこであつたか誰もおぼえてはゐぬが、二人はその家で共に
生れ合はせ、そして見もせず、聞きもせぬ歳月《としつき》が流れ去つても、
それだけで、わが魂の生れながらの偶《つま》を見分けるには事足りる。

肉体美

アダムが本《もと》の妻《め》リリス、伝説によれば
（エヴを賜はつた前に彼が愛《め》でた市子《いちこ》、）
かの蛇に先だちて、口舌《くぜつ》で他《ひと》を惑し、呪力の文《あや》なす
その妖艶な髪の毛は初花の黄金《こがね》であつた。
世は老いても常若《とこわか》に身構へ、巧《たくみ》に思ひめぐらして、
かがやう髪の蜘蛛のい梳《す》く手に
浮かれ男《を》をあまた織り込め、そのはてには、
心も身も命をさへも捉へて放たなかつたとか。

薔薇《さうび》と罌粟とはこの妖女の手のもの、あはれリリスよ、
されば美《うま》し薫り、妙《たへ》なる接吻《くちづけ》、さては和《なご》める眠の
わなに誰一人として免かれえようはずもない。
見よ、汝《なんぢ》の蠱惑の及ぼすところ、若人の眼は炎と燃え、
直ぐなる頸もうなだれる、げにも、あな、
その心《しん》の臓《ざう》を引絞《ひきくく》れるは唯一筋の金髪。

「一つ望」

空しかる「願《ねがひ》」は遂に空しかる「悔《くい》」と携へ、
死出の路たどり往《い》にてぞ押並《おしな》べて空しかる時、
いとせめて忘れがたなる痛みをば何か慰め、
はたやその忘れがたなに忘れよと誰か教へむ?
「やすらぎ」はかの隠れ水、めぐりあふ折もあらぬか、
請ひ禱《この》める魂《たま》は直ちに緑なす広野《ひろの》を尋《と》めて、
ほとばしる美《うま》し命の真清水に足を停《とど》め、
しめりたる花の護符《まもり》を手折りなむ折もあらぬか?

あなあはれ、蒼める霊《たま》は、聖教の文字を綴りて
花弁《はなびら》の咲き匂ひぬるそが中の黄金《こがね》の空に、
判《わ》き難き豊《とよ》の恵《めぐみ》を息づみて頼めうかがふ、——
あはれ、今あだし秘密の陀羅尼《だらに》をばなどか求めむ、
しかすがに一つ「望」の一つ名のそれだにあらば、——

さもあらばすべて足らはむ、唯頼め、その一語《ひとこと》をこそ。

「海の呪詛」

姫がまさぐるは林檎の樹蔭に立てられた緒琴《をごと》、
その絃《いと》の上を閃めき飛ぶ真玉手《またまで》に、美《うま》し呪詛《じゆそ》を
織りなし、さて楽音の高鳴る時しも、
海の鳥は海を棄ててただここもとに集ひ寄るよ。
さあれ耳敏《と》く聞きつけたあやしの響動《とよもし》、
深淵《ふかぶち》の渦潮が風に沿ひ、入江に沿ひて、
海坂《うなざか》からこだまする遠音、
それを姫は聞きとめたのでもあらうか。

姫は思ひを潜《ひそ》めつつ、満《まん》を持してゐたその脣を
開くや否や　歌声は天翔《あまかけ》りて　海中《わたなか》に
生《せい》を享《う》けたものは皆その招換《しやうくわん》の呪術《まじわざ》に牽かされ、

波のうねうね繁吹《しぶき》の雲を捲いて集ひくるそが中にしも、
宿命に駆られ　姫が岩が根に裸身《はだかみ》を打あてて、
命を殞《おと》す一人の水夫《かこ》の亦ないとは言はれぬであらう？

鏡

おん身は至極《しごく》の悩みについては何も知らず、
またそれを知らうともしない。わが苦闘は
おん身の平静、それは初手《しょて》からのこと。
凝《こ》りて濃《こま》かい命の酒のなかで
また他《ほか》の酒の泡が弾けたといふに過ぎない、――
われはここに再び沈黙を忍ばねばならぬとは。

それはさながらに群れ集ふ人の姿の
遠鏡《とほかがみ》に映るのを見て、
およそ彼《あれ》はと目星をつけて、合図をして見たが、

しかしながら鏡の影像は
何の応《こた》へもしないので、あてを違へて、また他所《よそ》に
彼は己れ自身を探らねばならぬと同事である。

飛雲抄より

龍土会の記

龍土会といつても誰も知る人のないぐらゐに、いつしか影も形もひそめてしまつてゐる。そのやうに会はたとへ消滅したものであるにしても、会員であつた人々は残つてゐなくてはならないが、さて自分が会員であつたと名のりを揚げる特志者はまづ無いといつてよいだらう。然しどうやら会合のやうなものが存在して、そこへ最初から出席した二三のものには、今日でもなほ幾許かの追懐の情が残つてゐるはずである。

その龍土会が実は終末期に臨んでゐて、却て外面だけは賑やかに見えてゐた時代のことである。毎月のやうにふえる新顔が、こつそりと会の正体を覗きにくる。何ともさだかならぬこの会合が文芸革新に関する或野心を包蔵して、文壇一般を脅かすかのやうに、側からは見られてゐたのである。自然主義の母胎もまさしく此処であり、更にまた半獣主義、神秘主義、象徴主義などの、新主義新主張がその奇怪な爪を磨くのもこの辺であり、そしてそれが龍土会の機構でゝもあるかの如く、一部からは買ひかぶられ、また嫉視されてゐたをりがあつたことかとも思はれる。少くとも龍土会は当時の文壇からあやしまれてゐたにちがひない。

かやうな外間の推測は無理もないとは云ふもの、、それはまた誤解であつた。何故かと云ふに、会員の間には龍土会を神輿のやうに担ぎ廻つて、何かにつけて地歩を占めたり、利を図らうとするが如き考をもつたものはただの一人もなかつたからである。その上共同の利害のために会そのものを働かせた事実すらなかつたのである。龍土会は謂はば一の微小なる移動的倶楽部の如きものであつたに過ぎない。その会合で文芸上の共通の新空気が導入され、自由な思想の交流が行はれたことは真実であつたとしても、会員たるものは、誰に遠慮会釈をするでもなく、それぞれの途を勝手に歩いてゐたまでゝある。各自が我儘放題な振舞をなしつゝも、殆ど十年間に亙つて毎月一回は必ず席を同うして談論し、興に乗りては美酒を酌み交はして一夕の歓を尽したことは、今から追想して見て、何としても一の不思議であつたと云ふより外はない。

この気儘な会員たちは、かくして十年の歳月を経て、首尾よく龍土会の塒を飛び立つてしまつたのである。季節の折目が来たからである。

明治三十五年から十年間といへば、明治革新史上、収獲の夕であると同時に更に播種の暁でもあつた多事多端な時代である。日露戦争が丁度その真中にはさまれてゐる。龍土会はこの十年間をからんで、動揺と刺戟、興奮と破壊、麻痺倦怠等、あらゆる変調の中に生息して来たことにわたくしは深い意義を感ずるのであるが、この会も前に述べたやうな事情で、初めから会名が定つてゐたのではなかつたのである。

そもそもの起りはかうである。話好きの柳田国男君がをりをり牛込加賀町の自邸で花袋、藤村、風葉、春葉、葵（生田）諸君と、それに自分も加へられて招待された会合があつた。この会には柳田君の学友で、後に派手な政治の舞台に活躍すること丶なつた江木翼さんの顔も見えた。それから暫く経つてその会を表に持ち出すことになつて、矢張同じ連中の顔ぶれで、その第一回が麹町英国公使館裏通りのさ丶やかな洋食店快楽亭で催された。明治三十五年一月中旬のことである。その時わたくしが肝入であつたといふのは、会場がわたくしの家に近かつたからでもある。この店は生田君などとは馴染が深かつた。その頃同じ区内の元園町に巌谷小波さんの住居があつて、木曜会といふのが設けられてあつた。これも極めて自由な会合で、わたくしは会員ではなかつたが、年中開放されてゐた巌谷さんの家の下座敷へしばしば出入したものである。玄関には渋い顔を時々思ひ出したやうににつこりさせる老執事が机を控へてゐたことをおぼえてゐる。たまには一六先生の義太夫の声が奥の間から伝つてくるのを聴いたこともある。小波さんの門下であつた生田君として見れば、この界隈は綱張内のこと丶て、快楽亭を会場とするやう、わたくしにす丶めたものと思はれる。実際快楽亭は我々が会合を開くには恰好な店で、場所も静かであつた。坂路に寄せて建てた二階家で、食堂の方は一室ぎりであつたが、坂の上から平たく直に入れるやうになつてゐた。さういふ風の建て方であるから、料理はすべて下から運び上げるのである、入口には絡みつけた常春藤の青い房が垂れてゐた。表に向つた窓からは、折からの夕日に赤褐色に温く染められた公使館の草土手とその上につづく煉瓦の塀が眺められるのみである。単調ではあるが俗ではない。雑駁からは遠ざかつて、しかも却て風変りの趣がある。わたくしの眼底にはこの亭の印象がこびりついて忘じ難いもの丶一つとなつてゐるのである。

第二回の会合は赤城下の清風亭で開かれたが、新に眉山、秋声の両君も加はり、水彩画家の大下藤次郎君の出席もあつたやうにおぼえてゐる。第三回は風葉、春葉両君の幹事で、会場は鬼子母神境内の焼鳥屋であつた。小山内君が馳せ参じたのも多分この時であつたらう。会合は追々度数を重ねていつたが、その席上いつも音頭を取つたのは矢張柳田君であつた。纏つた話、新知見を開くやうな話を柳田君は常に用意されてゐたのである。例へばポオル・ブウルジエの作物である。柳田君はその作物を読んで来て、その梗概と読後感に就て話をするといふやうな次第である。ブウルジエの小説はその後も殆んどわたくしとは没交渉であつたが、その日柳田君の携へてゐた短篇集は青色の表紙の本であつた。その事だけをわたくしは記憶してゐる。

会合の場所は幹事の好みに随つて変つたが、便宜がよかつたので多くは快楽亭を使つてゐた。そのうちに独歩君が鎌倉の廬を出ることになつた。矢野龍渓翁に招かれて、「近事画報」の計画に参加するためであつた。この画報が間もなく日露戦の勃発により「戦時画報」と改称されてから独歩君の活躍は目ざましいものがあつた。自然我々の会合は独歩君を迎へることになつて、急に賑はしくなつた。独歩君は柳田君と共に談話の名人であつた。独歩君の創作はおほむね小篇であり、人はその描写の筆致を褒めるが、作者はその筋を大抵二三度は友人に繰り返し語つたものである。推敲がその間に行はれたと想像するのは強ち不当でもあるまい。然しわたくしは後に書かれて公にされた作品よりも、既に聴いて感銘を受けてゐた談話の方をよろこんだ。そしてその談話の熟したものが独歩君の創作であつたとすれば、そこに談話家の特徴を為すユウモアが活用されてゐることを怪しむべきではない。それが間髪を容れず打出されて一瞬の反省を与ふると同時に、その余裕ならぬ余裕が歪曲すべからざる客観の事実を愈々鮮明ならしめてゐる。これがわたくしの発見であるかどうかは別として、柳田、国木田両君の外に田山君もまたした、かの談話家であつた。会合は否が応でも面白くならざるを得なかつたのである。然しこの頃となつても定まつた会名もなかつたぐらゐで、それが龍土会と称せられるまでには、なほ多少の曲折を経なければならなかつた。

これより先、明治三十六年十月のことである。神田の宝亭で琴天会の発会があつた。岩村透さんの主唱であつたと思ふが、画家、音楽家、その他新らしい芸術に縁のあつた人たちが集つた。巴里の芸術家の物に拘束されぬ生活に親しんで来た人々である。勿論この会に狂瀾怒濤を惹き起した二三の連中に就いては、わたくしは余り知るところがなかつたのであるが、その放縦不羈の調子には全く酔はされてしまつたのである。実はわたくしもその会合の中に紛れこんでゐて、感激して、「琴天会に寄す」と題した小曲を作つて

手弱女しのべば花の巴里の園生、
朽ちせぬ光暢べたるみ空趁《お》へば、
なつかし、伊太利亜の旅路、精舎の壁。

と拙い詩句を連ねて見たもの丶、それでは格別に上品すぎてゐた。わたくしは唯素直に芸術の自由を讃美して見たかつたまでのことである。

琴天会は翌年になつて水弘会とか云ふ名称に改まつて、麻布は新龍土町の龍土軒で開かれた。琴天会といつたのは琴平社天神社の縁日を、今また水弘会と称ふるのも矢張同様の結合せで、水天宮と弘法大師の縁日を会日と定めるといふ洒落である。今度の会に巌谷小波さんや岡野知十さんの出席を見たのも珍らしかつた。巌谷さんはこの

席上で「変客蛮来」と、達筆で額を一枚書いた。龍土軒がこの書をどう処置したか知るところがない。わたくしは予て龍土軒発見の由来に就いて、噂には聞いてゐたが、この日始めて、さしも名だたる仏蘭西御料理の店の閾《しきゐ》をまたいだのである。

龍土軒発見といへば少し言草が仰山であるかも知れない。然しながらこの発見の主人公が飄逸な岩村透さんであつて見れば、そこにはいとど興味ある一条のいきさつが繋がつてゐるのである。岩村さんは再度の外遊から帰朝して未だ幾年もたゝなかつたことであらう。本場仕込のこの大通人の目さきに如何にも取すました看板がちらついた。新龍土町といへば三聯隊前で、決して風雅ではない町である。表通りから少し引込んだ道の片側に、仏蘭西御料理と厚がましくも金文字の看板をあげてゐた店がふと目についた。岩村さんの住居はその頃芋洗坂下であつたから、この辺はさして遠くもないところである。多分散歩のをりでもあつたのだらう。同伴者があつたとすれば、岡田さん、和田さんあたりであらう。岩村さんはその金文字の看板をちらと睨んで、「うそをつけ。一つ試めして、からかつてやらう」と、いきなりこの僭越至極なレストランのドアに手を掛けて飛込んだといふことは確に想像されていゝ。

岩村さんは名家の出で、豁達で、皮肉で、随分口も悪かつた。それでゐて世話好きで、親切気があつて、いつでも人を率ゐてゆく勝れた天分があつた。

龍土軒の女将は後になつてわたくしにこんなことを云つて聞かせた。「岩村さんはほんとに気さくで面白いお方と思つてをります。でも始めて宅の店へお出くださつた時は、御冗談だとは思ひましても、どんなにか腹を立てましたことやら。何しろかうでしよう。お迎へするとだしぬけに、お前のところは仏蘭西料理ださうだが、をかしいね、三聯隊の近所だから多分兵食だらうつて、かうおつしやるぢやありませんか。それではどの辺の御注文にいたしましようかとおたづねしますと、さうだな、どうせ兵食なら一番下等がよからうつて、どこまでも店を見縊つておいでゝすから、わたくしも余りのことにむしやくしやして、料理場で主人にさう申しますと、主人もあの気性で大層つむじを曲げましたが、店としてはどなたに限らず大切なお客様といふことに変りはありませんから、思ひ直して、大奮発いたしましてこゝぞと腕をふるつた皿を黙つて差上げますと、今度はどうでしよう。それがすつかりお気に召して、それからこつちといふもの、色々とお引立に預りました」と、かう云つたのである。

この龍土軒の主人といふのがまた風変りの人物であつた。少し耳が遠かつた。自信の強い男で、自分を料理の天才とまで思ひつめたところが見えてゐた。メニユウの端に漢文くづしの恐ろしくむづかしい文字を列べて、日本人の口に適せぬ西洋料理は到底何等の効果をも収め難いものである。日本人の口に適するやうに心掛くると共に、正式の西洋料理たることを忘れてゐてはいけない。庖丁の妙技はそこにあるのだと、かう云ふやうな意味のことが自讃してあつた。主人のつもりでは、仏蘭西料理こそ日本人の口に適し、しかもそれが正式の西洋料理であることを云はうとしたものであらう。これは代筆でなく主人自作の文章であるといふことであつた。何かにつけて特色を出さうとする側の人物であつた。

こゝの食堂の部屋は十畳と八畳ぐらゐの二間ぎりで、会合のをりは自然貸切のすがたであつた。一方の壁には当時流行であつた刀の古鍔の蒐集が垂撥のやうな板に上から下へかけられて、それが二列になつてゐる。その傍には能楽の面も見え、がつしりした飾棚が適当に配置されてゐる。他方には煖炉があり、入口の側には名士寄書きの屏風が立てゝある。更に上部の壁面には岡田さんの描いた主人の肖像と、小代さんの白馬会初期の風景画が光彩を添へてゐる。かういふやうな体たらくで、調度や装飾品が狭い部屋をいよいよ狭くしてゐた。この部屋はもともと日本室を直したものと見えて、天井が低かつたが、ごてごてしてゐたものゝ、どこかしつくりした空気が漂つてゐて、居心地はわるくなかつた。

鎌倉から出て来た国木田君もいつしかこの店の贔負の客となつて、青山に墓参の帰り途には必ず家族を連れて立寄るといふことになつてゐた。我々の会合もその勢に押された挙句こゝに持出されたが、依然として無名の会であつたことが不満足に思はれて、皆で相談の結果「凡骨会」として一会を催したことがある。龍土軒主人はこれをよろこんで、会日にはわざわざ献立表を会員の数だけ印刷して置いたものである。その献立表を見れば、はつきり明治三十七年十一月二十二日晩餐としるされてある。然し会名が「風骨会」と変つてゐたので大笑ひをした。風字は凡字の誤植であつたらうが、考へて見れば寧ろこの方が佳名であつた。

この会名の骨字から思ひついたのでもあらうが、献立がまた振ひすぎてゐた。「尾崎紅葉の墓」といふのが表に見えてゐる。何のことか全く見当もつけかねたが、出された料理には一同が惘《あき》れてしまつた。第一食べ方からして分らない。一寸ばかりに切つた牛の骨が皿の中央に転つて、それに焼パンの一片と竹箆《たけべら》が添つてゐる。主人の説明によれば、竹箆は卒堵婆に擬へたものであり、それを使つて、骨の髄を抉り出して、焼パンに塗つて食べるのだといふことである。これは余りにもデカダン趣味に堕した嫌ひがあつたといふよりも、主人のふざけ方がちとあくどかつた。紅葉山人はその前年に歿してゐて、こゝは山人の墓域に程遠からぬところである。骨の髄をトオストに塗つて食べるだけならば、それは食通のよろこびさうな乙なものであるにちがひない。しかるにこの始末で、会衆はしたゝか辟易したのである。

たまたまそんな事柄があつたために大略分ることではあるが、凡骨会がいよいよ龍士会と改まつて一段と生長したのは翌三十八年の新春であつたらう。国木田君の画報社関係からは小杉、満谷、窪田、吉江、其他の顔も見えたが、武林、小山内、中沢、平塚の諸君は、すでにその前から会盟に加つてゐただらうと思はれる。論客としての岩野君を迎へたのもその頃であつたらう。抜打に対手に懸つてゆくあの無遠慮な遣り口が岩野君の身上であつた。あの真似は一寸出来にくい。岩野君の唱道した刹那的燃焼の肉霊合致説は解り難かつたが、それをそのまゝ一々身辺に実行して見せたのである。それに対しては誰もその善悪は云はれないのである。岩野君は肉霊の合致と云つて、決して一如とは云はなかつた。一如とか浄化とか云ふことは通途の宗教の為すところである。合致とは肉が直ちに霊に食ひ入ることである。別言すれば肉が霊に依憑する状態から現実の実践が行はれることである。それは無意識の本能ではありえない。悲痛の肉である。かの無智の巫女における神憑りとは全く反対のものである。岩野君はこゝで一種の主観主義を建立したが、それは矢張東洋哲理の系列を飛躍するものでもなく、恐らくはその源泉を天台に掬んだものであらう。

わたくしは岩野君の説について思はず談義を試みて、ふと気がついて、今は後悔してゐるところである。岩野君一人がそんなに威張つて会を圧倒してゐたやうに見られる虞《おそれ》がないでもないからである。当時の大勢は自然主義に帰してゐた。岩野君とても自然主義を必ずしも排するものではなかつた。ただその無技巧の暴露的描写を論ずるだけでは不徹底だと突込んでゐたのである。そんな風に勝手に論議が行はれたと云つても、会の席上では、食卓を同うするが如く相互に共感する余裕を失はなかつたから、論議とは云へ、それは一の談笑に過ぎなかつた。

会は大抵夕景の五時頃に開かれて深夜に及んだ。その間興に乗じて、生田君や平塚君が自慢で新詩の独唱をやつたこともあり、さういふ折には若菜集の酔歌などがよく歌はれたし、武林君が一度杜牧の江南春を思ひきり声を張りあげて吟誦したこともあつた。龍土軒主人もまたはしやいで、珍らしい洋酒をリキユウグラスに注ぎ廻つて、それを寄附するといふのである。いつであつたか、蝮蛇酒といふのをすゝめられたことがある。茴香《ういきやう》のにほひの高かつたことをいまだにおぼえてゐる。

そのうちに会はまた白鳥、葉舟、江東、秋骨の諸君を容れて急に脹らんできた。西本、柴田両君の出席も殆ど同時期であつたやうに思はれる。龍土会の名が広く知れわたると共に、この会が文界の牛耳を執るもの丶やうに訝かられだしたのも、当時の状況から推せば強ち無理とも思はれないのである。明治三十八年といへば、島崎君が足掛け七年目に、「破戒」を抱いて、信州の山を下つて来て、西大久保の家に落着いた記念すべき年である。それがこの年の四月のことであつた。会は更にこの文星を迎へて足並を揃へたわけである。わたくしは回顧して見て、こゝらがまづ会として花ではなかつたかと考へてゐる。

人数が殖えるやうになつてからは龍土軒では少し手狭で窮屈に感ぜられてきた。烏森や、鮫洲や、後にはしばしば柳橋で大会が催されたのも、そんな理由が多少はあつたかも知れない。一遍田山君が幹事で、愛好地の利根川べりの川股で盛んな会が開かれたことがある。田中屋といふ土地の料亭の別宅で利根川の堤に接して建てられた一軒家が、その日の会場であつた。田山君はよくこの家に滞留して製作に耽つたといふことである。こゝが即ち田山君の筆に上つて知られてゐる「土手の家」である。田舎芸者を相手に一晩中騒いで一泊した。小杉未醒君が酔つたまゝ、裸になつて、川に飛びこんで、対岸との間を往復して、われわれを驚かした。明治三十九年十月七日のことである。

国木田君が確か「疲労」を書いてた頃である。国木田君は明治四十一年六月に茅ケ崎の南湖院で病歿したのであるから、その前年の初冬の時分ではなかつたかと思ふ。例会が赤坂の東京亭で開かれたことがある。撞球場を兼ねたレストランで、玉突に凝つてゐた岩野君の馴染の場所である。この会日に国木田君が珍らしく出席した。画報社の事業で過労に陥り、それを引ついだ独歩社も戦後は思はしくなく、遂に失敗に帰して、唯贏《か》ち得たものは不治の病のみであつた。国木田君はどう考へたか、近くもない郊外の隠棲からわざわざ車を雇つてこゝに乗りつけたのである。夜気は冷やかであつたし、病気柄の発熱はつづいてゐたのであるから、これは非常な冒険であつたと云つてよい。会友に対して元気を装ふだけの努力にも堪へられなかつたこと、思はれる。ひどく寂しくまた寒さうに見えた。岩野君はこの時アブサンを持参して来てゐたが、国木田君はその強烈な酒の一盞を水も割らずに飲み干した。そして龍土会に国木田君の列席を見たのも、この夜が最後となつたのである。

明治四十一年には国木田君が逝き、また川上眉山君が不慮の死を遂げた。

とかくするうちに、「龍土会も最早ソツプの出殻だ」と云ふ評判が立つやうになつた。会が衰へて来たことは事実として、その原因の一つにジヤアナリズムの波の浸入といふことが挙げられる。然しさう大袈裟に詮索するまでのこともない。何故かとなれば、龍土会はもともと無心であつたからである。無心のうちにも小さな魂だけは包蔵してゐたからである。問題はその小さな魂の行方である。わたくしはこゝで臆測して多言を費したくはない。若し果してソツプの出殻であるなればまだまだ功利的の処置に委ねられやう。失はれた魂であつて見れば手のつけやうがない。

龍土会もかゝる状態で、久しく麻痺の徴候に陥り、進行が遅々となつてゐたもの、、長谷川天渓君が先立つて英吉利に向ひ、後れて島崎藤村君が仏蘭西への旅に出発する日に遇つて、両君の行を送るだけの力はなほ幾らか余してゐたもの、やうに考へられる。島崎君の外遊は大正二年春のことであつたから、龍土会の終幕が完全におろされたのも恐らく同時であつたかも知れない。わたくしは既に文壇に遠ざかつてゐたことであるし、その後のことは何一つ記憶してゐない。

蠱惑的画家——その伝説と印象

一

青木繁君のことを追想してゐると、わたくしには何だか青木君の一生涯が飛び離れた無類な伝説のやうに想はれて来る。この伝説的といふ方面から云へば、かのボオドレエルも矢張さうであつた。P. R. B. のロセチもさうであつた。亜米利加のポオもさうであつた。そしてまたかの仏蘭西のラムボオに至つては最も濃密な色彩を帯びてゐた。いづれも魔術者の片破れである。こんな一風変つた芸術家の名を列べ挙げると、世には余り偏奇なことを云ふものでないと真面目にくさす人が出て来ないものでもないが、わたくしにはさうばかりとは思はれない。伝説を残していつた芸術家たちは一種共通な蠱惑的な雰囲気の中に同棲してゐる。事業の大小や、製作の量や、完成未完成といふやうなことを比較考査するのは禁制である。そんなことをしてゐる隙には、芸術の魅力はどしどし遠ざかつてしまふからである。併し世の中には頭から芸術の嫌ひな人がある。さういふ人々と青木君のやうな芸術家と全く撰を異にしてゐるのは全く止むを得ない事実であらう。

それからこの種の芸術家に特有な素質がある。それは感情と理智の混揉である。(わたくしは混揉と云つたが、よくかういふ場合に使はれる融合といふ言葉がある。併しそんな静的な野暮な美しい言葉は使ひたくない。何故となればこの種の芸術家の内心は絶えず動揺してゐるからである。)

そして印象と観相、直感と映像とをごつちやにして、常に身のまはりに濃密な幻象を作つてゐる。日光に輝く雲と暗やみに閃めく宝石とを三脚の鼎に入れてぐつぐつ煮てゐるのである。その中から極めてセンジユアルな肉の湯気が立騰るかと見れば、また或時には霊智の冷たい稲妻が起る。それは彼等の芸術の祭壇の前に行ふ不可思議な儀式である。勿論彼等の芸術の神は未知の神であると同時に「我」であるといふことを知つてゐなければならない。青木君も矢張その夥伴《くわはん》の秘密教の僧伽であつた。

二

わたくしが青木君の画に初めて接したのは、明治三十六年の秋、普通一般の絵画愛好者の後に跟いて行つて、上野で開かれた白馬会を観た時である。青木君の以前からの友人を除いては、誰でもこの時初めて青木君の異様な芸術に接したのであるが、わたくしの心は殆ど何物をも弁別することの出来なかつた最初の一瞥から止めどなく顫へてゐた。青木君の恐ろしい魔術が先づわたくしの体を脅かしたのである。そして眼とも口ともわかたぬ人間の渾沌から、この未知の画家が深い微笑を洩らしてゐたのである。わたくしには少なくともさういふ風に思はれた。

「おい。お前は何でそんなにおれの画と睨めくらをしてゐるのだ。おれが一寸わき見でもしてゐるひまにお前はおれの画から何物かを偸んでゆくつもりなのかも知れない。一体お前におれの画がよく解るのか。おれの画はただ神話や外道の礼拝を殊更にこんな風に描いたものではないのだ。おれの我儘なデッサンが、おれの線と色とが自由勝手に芸術の秘密の儀式を営んでゐるのだ。まあこれらの恐ろしい画題を読んで行つてくれないか。併しこんな画題なんか、それが優婆尼沙土《ウパニシャド》であらうが、闍威弥尼《ジャイミニ》であらうが、つまり何でもよいのだ。ただひよつとしたら俗衆をおれの画の前から追払ふ手段として役にたつかも知れない。」

作者自身すら如何ともすることの出来なかつたらしいこれ等の不思議な画面は、たしかにこんなことを私語《ささめ》いてゐたにちがひないが、わたくしはその時既に出口の分らぬ迷路の中に踏みこんでゐたから、画面の発する作者の言葉の意味をよく聴きとることが出来なかつた。ただその激しい、しかしどこまでも愉快なデッサンの魅力がわたくしの身体をすつかり包んでしまつて、その各々の自由な内発的の線がわたくしの腕や腰や蹠を鋭くもまた滑らかに流れてゆくと想ふとき、わたくしの醜い手足の線をすら、この作家はいつの間にやら自分の芸術として取入れてしまつてゐるといふやうな特異な感動を受けたのである。

わたくしがこんな名状すべからざる感動を受けたことは、ついぞこれまでなかつたことである。よく幼ない時分に油絵に対して漠然と抱いてゐた気持に何処か多少似通つたところがある。それは切支丹の遺法としての油絵で、正体の分らぬ恐怖と麻痺と愉楽が、或る画面を観ると同時に心の底から湧き上つて来た記憶がある。青木君の芸術もまたそれとは別の意味で外道の芸術である。昔時の印度の宗教家は、この生滅世界の根源を地水火風といふやうな元素に分けて、それ等の元素の限りなき争闘と変形と壊滅とを、或は象徴的な樹蔭から、或は幽暗な石の殿堂の窓から、朝晩にぢつと見つめてゐた。そして殆ど絶望的な悲しみにうたれながら、なほもその青い眼と赤い微笑を失はなかつた、青木君の作つた画面にはいつもこの四大の争闘と変形と壊滅とがある。それが青木君の新しい芸術の中に運命的であり悲劇的である陰影を漂はしてゐる。青木君の肉体を烈しく動揺させてゐるものは、この元素的な「自然」の沈黙な暴風である。

かゝる画が今日まで何処にあつたらう。

わたくしの当時の感激は何としても適切な言葉を見出すことが出来ないのである。何物にか急に抱擁されたことを感ずると同時に、わたくしの頭は何も彼も見さかひがつかなくなつてしまつたのである。この放恣的な縛の縄がやゝ弛んで自由になつて来た時、胸の鼓動の悲しい輓歌を聴きつゝも、わたくしはまた眼の前に陳列されてある画面に牽かされた。そして今度は画家の指――こんな不思議な流出と表現とを行つたその指を羨んだのである。然し画家の指の尖の渦紋が狂気のやうにきりきり回転して、それが青い眼となつたり赤い眼となつたりすることを明らかに感じたのは、ずつと後のことである。

何うしたものか当時の画稿は大部分散逸して了つて、何処に何うして埋れてゐるか、いつどんな暗い隅から我々の眼に回復されて来るか、一切目当がつかないのである。かうなつて見ると、いよいよ当時の作品に対つて烈しいノスタルジヤを起さずにはゐられなくなつて来る。

白馬会はこれ等の作品に白馬賞なるものを贈つた。白馬賞と筆太に書いた紙片が不調和に貼付けられてあつた。それは兎も角、この会が美術学校の一学生に過ぎない青木君の異才を認めて将来を期待したことは、真に青木君の芸術そのものと等しく、破天荒な事実であつたと云はねばなるまい。その後になつて白馬会がだんだん青木君の芸術を持ちあつかつて来たのも面白い現象である。そして世人までが青木君の画を狂気の沙汰か何ぞのやうに云ひ振らすやうになつた。青木君はたうとう物の形も碌々描けない、やくざの画かきにまで引ずり落されてしまつたのである。

三

わたくしはこの展覧会をつくづくと観て帰つて来てから、青木といふ人をさまざまに想ひめぐらして見た。それからといふもの、寝てもさめても愉快な想像に耽つてゐて、わたくしの癖である少し激越した調子で、来る人毎に初めて観た不思議な画面の印象を語つてゐた。その頃わたくしの書斎にわたくしよりは年若い人達が集つて、いつも詩や芸術に就いて盛んに気焔を吐き合つた。その若い人達の中で、たつた一人W君が青木君のことを間接ながら知つてゐた。

「何でも青木といふ人は恐しい才能のある人だ。将来どれだけえらくなるかわからない人だ」と、ただ讃嘆するばかりで、W君は言葉をとぎらしてしまつた。世間であまり多く知らない貴重な事実を知つてゐるといふ誇りがその顔色にあらはれてゐた。

わたくしはW君が青木といふ人に就て何事をか知つてゐると思ふとたまらなくなつて、非常にせきこんで来た。青木が天才であらうが、なからうが、そんなことは問題ぢやない。わたくしは即座に青木と名のる画家の正体と秘密とをつかんでしまいたいやうな気になつた。

W君はぽつぽつ語りはじめた。

「青木といふ人は、何でも久留米で生れたのだといふことを聞いた。僕の友人で青木君と同郷で、直接青木君を知つてゐるものがある。僕の青木君に関する知識は、つまるところその友人から聞いたことだけなのだ。それで驚くぢやないか、青木君はまだ美術学校の学生だといふことだよ。」

わたくしは青木君が久留米の産だと聞いてうれしかつた。わたくしは東京で生れたのだが、わたくしの体には矢張南国の血が伝つてゐるからである。その上青木君がまだ学生だと聞いてわたくしの好奇心がむらむらと持ちあがつて来た。

「それで、その青木君はどんな風にしてゐるのだね。」

「どんな風つて僕にもよくはわからないが、聞くところによると、夥伴のものからも余程大事にされてゐるのださうだ。第一頭があるのだね。学校でも他の人ならモデルを描く場合にはやく全体を纏めようとあせるが、青木はそんなことには頓着しない。自分勝手に片々の眼だとか、一本の腕だけだとか、気まゝにやつてのけてゐる。けれども、それがね、青木の筆に上るとすつかり生きてくるのだ。本当の芸術家ならさう行かなくちやならないのだらう。住居は本郷の曙町ださうだ。ぶらりと外から帰つて来ると、いきなり絵具函をひきかきまはして、手当り次第、板戸や何かに絵具をなすりつける。たうとう便所の戸まで描きちらしてしまつたさうだ。それが矢張片々の眼が睨んでゐるやうな心持の画で——古びた板戸の上にぽつかりと、鮮やかな椿の花が一輪咲き匂つてくるのだ。どう見ても天才だよ。」

W君は「天才」といふ強烈な色彩を自分の言葉の中にぶつつけてゐる。わたくしの頭もこゝまで聴くと昂奮のあまりふらついてきた。不浄な場所の扉に咲いた椿の花を空に描いて、序に昔時羅馬法皇の室内で枯木の笏にさいた花のことをも想像して見た。それ等は絵具の斑点に過ぎないかも知れない。さうはいふものゝ、実際これまで誰もが想像すらしても見なかつた素晴しいデコレエシオンの片破れで、芸術の熱で急に孵した自然の一片であつたにちがひない。青木君の手で描かれた芸術の中でも最も直接で新鮮であつたにちがひはない。そしてそれほどまでに魅力のあつた装飾がいかにも粗末で陋い借家の板戸に施されたといふことは、これまた奇蹟のやうな事実である。青木君は勿論その家から追ひたてられてしまつた。家主はこの狂気じみた美術書生の悪戯に愚痴をしたゝかこぼしたことだらう。そのありさまが眼に見えるやうである。家主は異国の油臭い絵具をペンキよりも嫌つて、惜しいことをしたものだと呟いただらう。ひよつとしたら家主は怒りぬいて、近所の古道具屋を引張つて来て、あの類のない便所の戸まで売り飛ばしてしまつただらう。惜しいことをしたものだと、わたくしは、こゝで、空想しつゝ、家主と共に叫ぶだらう。果してそんな結末を告げたとすれば、今だに何処か場末の屑屋の店に、あの真赤な稀代な椿の花が咲いてゐまいものでもないと思ふのである。

その後青木君に関する逸話をまた一つ外から聞いた。その話といふのは、どこか山の中で青木が大きな巌の頂辺に上つてゐる。その時青木の友人たちはその巌の下にゐたが、青木はすましこんで、上から下を見おろして、自分は今如来であるが、君たちは如来を繞る羅漢であると、かう云つたさうだ。この話がどれだけ真実であるかは問ふところでない。それは勿論たはいもない戯れである。然し考へて見れば恐ろしい戯れである。青木君の身のまはりからはかういふ風に常に伝説の雲が起り、その光彩ある伝説の中に青木君はいつもほゝゑんでゐるのである。

この逸話を聞いたわたくしは、その束の間戦慄を感じ、金の毒矢のやうなものが、わたくしの肉体の繊維の中に喰ひこんでくるのをおぼえた。

四

それからまた一年経つた。青木君はあの「海の幸」を描いたのである。裸体画であるといふ理由から、その頃の画界が被つた窮屈な制限の下に、他の画家の二三の作品と一纏めにされて白馬会展観会場の特別室といふ檻の中に押込められてあつた。蝦茶《えびちゃ》の監視が入口の側に控へて誰何《すいか》する。その難関を漸く通りぬけて入つて見ると、わたくしの顔とすれずれに、あの横長い大きなカンバスが低く懸つてゐる。それほど室内は狭苦しいのである。わたくしは実際に青木君の「海の幸」を眼で見たのではなく、隅から隅まで嗅ぎ廻つたのである。わたくしの憐れむべき眼は余りに近くこの驚くべき現象に出会つて、既に最初の一瞥から度を失つてゐた。そして嗅ぎ廻ると同時に耳に響く底力のある音楽を聴いた。強烈なにほひが襲ひかゝる画であると共に、金の光のにほひと紺青の潮のにほひとが高い調子で悠久な争闘《さうげき》と諧和を保つて、自然の荘厳を具現してゐるその奥から、意地のわるい秘密の香煙を漂はし、それにまつはる赤褐色な逞しい人間の素膚が、自然に対する苦闘と凱旋の悦楽とを暗示してゐるのである。一度眩んだわたくしの眼が、漁夫の銛で重く荷れてゐる大鮫の油ぎつた腮から胴にかけて反射する蒼白い凄惨な光を、おづおづ偸み視てゐるひまに、わたくしの体はいつしかその自然の眷属の行列の中に吸ひこまれてゐたのである。もう出ることも、また考へることも出来ない。青木君の自然はどこまでも四大の争ひに帰して、その自然の観取は苦悩と悦楽を綯ひ交ぜにした原始的根調を帯びて、そして表現されたその芸術は、自然の変形の享楽とその変形の裡につゝまれた壊滅の悲劇であるといふことが、わたくしの心の底のどこかで感じられてゐるとはいふもの、、その時は最早そんな複雑な考をはつきりさせるだけの余裕すら保ちがたい状態にまで進んでゐたのである。青木君がわたくしの直ぐ側に立つてゐるではないか。青木君もわたくしも真裸になつて鮫を担いでゐるのではないか。しかも運命的な空気の中で胸のすくやうな凱旋の歌をうたつてゐるのではないか。

その年(明治三十七年)の晩秋になつて、わたくしは青木君を訪問する機会を得たのである。それまでにわたくしは「海の幸」で出会つた青木君の正体を前に置いて苦しみぬいたかしれない。例のW君から同君の話にあつた、直接に青木君を識つてゐるといふT君に紹介を頼んで、その日は三人で出掛けた。世間は戦争の熱で沸えくり返つてゐる。号外売の腰には鈴の音がいきりたつてゐる。バルチック艦隊が何処やらまで来たとかいふ電報を刷つた号外が辻々の電柱に貼りつけられてある。その周囲には人が大勢たかつてゐる。その間を通り過ぎて、我々三人は本郷西片町から曙町に向つた。「青木君のもとの家は此辺だつたよ」と、T君は案内顔に教へてくれたが、わたくしの心はそれどころではなかつた。

それと見てとつたか、T君はわたくしの麻痺した心に致命傷を与へようと思つたのでもなからうが、こんなことを云ひ出した。

「このあひだ青木君のところに行つたら、全くえたいの知れない画を見せられたよ。奇抜と云へばそれまでだが、青木君でなければとても描けない画なのだ。青い浪の中に恐ろしく真赤に燃えた巌が転がつてゐるといふのだ。」T君はさう云ふ自分の言葉に驚いたといふ風に、急に話をひかへてしまつた。

富士前の浅間さまの横を曲つて、新開の町をしばらく行くと、間もなく神明町の青木君の家の前に出た。そこらに畑がまだ残つてゐて、田端辺の森が真近に見えた。

わたくしが初めて会つた時の青木君は少し疲れてゐるやうにおもはれた。着物は絵具でべとべとになつて、髪の毛がうるさくのびてゐた。わたくしはその虚空を見つめる癖のある眼と深い微笑を漂はす口元とから、夢を顫はす神経の感染を第一に受けたのである。

室の中には仕切の壁にこのあひだ見たばかりの「海の幸」が無造作に立掛けられてある。その上の方には毬のやうな泡の玉を持ちながら、波間に浮沈して悲痛な戯れに耽つてゐる女体を現はした画幀が幾枚か懸つてゐる。そして縁側寄りの鴨居には、途すがらT君から聞いたあの飛んでもない独特な海が湍つてゐるのである。

談話は何から始まつたか今ではおぼえてゐない。然し二人の談話がいつしか神話といふ一の焦点に集つて行つたことだけは事実である。神話の自然が二人の間に生きて動いてゐる。青木君が海神国を眼先にちらつかせて、その魚鱗の如く畳んだ宮殿に見とれてゐる時に、わたくしはまたわたくしで、自分にもし画が描けたら、蛇の室屋の一段を描いて見たいと勝手なことを云つてゐた。すると突然、青木君があの複雑な微笑を浮べたおちよぼ口をして、頸を反らしながら、半身を前につきだすやうにして、「君は開闢説と創造説とどつちを採るかね」と云つた。そんなことを今だにおぼえてゐる。

二人は更に飛行自在の翅を鼓して、猶太の野を廻つたり、波斯《ペルシヤ》の古跡を探つたり、吠陁《ベーダ》の天竺で思はず合掌したりなどした。わたくしの飛行の翅は度々危くなりかけたのを、青木は一切かまはず、ぐんぐん引張つて行つてくれたのである。

談話はいつしかまたぢみな画のことに移つた。青木君は例の鴨居の上の海景を見上げて、「君、あの画をどう思ふね、あの赤い巌には随分こまつたのだ」と云つて、わたくしが画面の深い色と烈しい光とに見入つてゐるひまに「まるで蜂の巣、蜂の巣」と附加へた。わたくしはひよいと調子をはづされて、青木君の軽い諧謔の気持の中に突落されてしまつた。

だが、この海の画は何うしても魔術者の描いた画である。単にスペクトラムの原理からはこしらへられぬ画である。素より捏ね廻した絵具の幻覚に頼つたものではない。青木君のこの時の自然の観取が、まるで神話のやうに直接で、象徴的で、そして個性的であつたことは今更繰返すまでもないことであるが、青木君はどうしてあの強い日光を画面に捉へて圧搾したらう。沸きたつ海の動揺そのもの丶中には、画家の神経が溺れもせずに微笑んでゐるではないか。巌に射返す真赤な日光は恰も画家の魂の発散のやうである。青木君はこれを表現するに独創的で、自由で、大胆なアンプレッシオニズムを行つたのである。

わたくしはその折に別な色々の画を見た。天平時代を偲ぶ下絵や、色彩が魅惑的な「優婆尼沙土」があつた。わたくしの熱心は弥が上にも高まつて、遂にあの神塞妙義の写生帖をも繰りひろげたのである。

青木君はふと席を起つて、床の間に裏返しに立掛けてあつた画幀の一つを表向きにして、後退りして黙つて見てゐる。金の背地から眼のぎろりとした大きな顔がのぞいてゐるのである。極めて深く渋い暗紫色の調子はわたくしの心に直ちに宗教的な或るものを暗示したが、赤い衣を纏つてゐる上に、円満と辛辣と、覚醒と惑溺と、光明と夢幻とを一つに合せた、素性の複雑な相貌から推せば、これは正しく外道の芸術を宣伝する僧伽の像であらねばならない。わたくしの茫漠となつた心象の中には遽かに幻覚が襲つて来た。今までに観た幾枚かの画の夢がさまざまに色と彩とを入れ交へて、この肖像を中心に、恰も優婆尼沙土の礼讃のやうな秘密の儀式を営むのである。

わたくしは努めて冷然たる風を装つた。

「青木君、これは全体どういふ画だね。」

青木君はまた青木君で、矢張冷かに微笑したまゝ「それは僕の自画像さ」と云つたきり黙つてしまつた。

その日であつたか、さうでなければその次に訪問した時であつたらう。青木君が陶酔した調子で、そしてまた能弁に、悪魔が霊山法会を見せてやるといふ説話を語つた。悪魔が或る深山の奥で、今生の思ひでに釈尊の霊山法会のありさまを拝みたいと願つてゐる人に対つて、決して信を起してはならぬといふ誓を立てさせて、いよいよその法会の次第を見せてやる段になると、忽ち雲霧が披け、紺瑠璃の空が澄み渡つて、まるで夢のやうに七宝荘厳の浄土が金色の光の中に湧出した。眼のあたりにこれを見たその人は先程の誓言を忘れて、うつかり帰命頂礼した。さうするとこれは何うであらう。遽《にはか》に雷のやうな音がして、すべての幻は消滅したといふ、大体さうした話であるが、青木君がこれを語るに言葉を惜しんでゆつくり語りつづけるそのけはひには、どうやら悪魔の見せたといふ金色と紺瑠璃の浄土を自己の幻術で塗りつぶした画面で、ゝもあるかの如く、いつまでも眺めて厭かぬ様子があつた。

「それは何処にあつた話かね。」

「多分今昔物語だらう。」

「今昔物語なら僕も大概読んだつもりだが、そんな話はなかつたやうだ。」

「それでは十訓抄かね。」

わたくしはその時分十訓抄をまだ読んでゐなかつたので、帰り路に古本屋をあさりまはつて、最初に手に取つた、恐ろしく垢染んだ活版本の十訓抄を買て来て、早速に悪魔の話を捜して見た。あるにはあつたが、わたくしもこの時すでに何等かの信念を起してゐたかどで、雷の音を聞くまでもなく、唯眼に映ずるものは、油でよごれた紙面をきたならしく行列する活版印刷の幾百の字面のみであつた。

青木君の芸術には多少ともこの悪魔の話に似通つたところがあるのではなからうか。青木君は真実の暗示を願ふべきであるところに現実の完成を夢みてゐた。幻術を施すものも幻相に信を起すものも、すべて青木君の芸術心の中にあつた。それゆゑに青木君は絶えず幻滅を味ひつゝ、なほ且つ覚めようともしなかつた。その執著に感染して、他から「天才」などといふ言葉をうつかり使はうものなら、それこそ青木君の画の幻は壊れ落ちて滅してしまふかも知れないのである。

五

詩集「夕潮」（岩野泡鳴著）を飾つた「発作」「渾沌」「神秘」「本然」の四つの挿画は、青木君の思想の一環を順次に表示したものであらう。第一の「発作」は生命の発現で、同時にまた性の発芽であらう。奔騰する海の波から二岐に分れて、白い女の形と絶叫するでもあらう男の体が湧出してゐる。その周囲には所謂四大の烈しい争闘がある。就中背後に火の山が盛んに活動してゐる。第二の「渾沌」は嫉妬であらう、また運命であらう。第一と同じやうな光景の中に泡の玉を擲つ多数の幻影が入り乱れてゐる。第三は「神秘」であるが、四大の騒擾と性の淫蕩を永遠に継続すべきこの星体を、黒い蝙蝠の不気味な翼が包んでゐる。第四の「本然」に至つて、始めて悠々たる大海のあなたに壮麗なる日輪が上る。――青木君はかういふ考に絶えず耽つてゐたのであらう。然しこれは青木君の思想といふよりも、もつと青木君の肉体と魂とに密接なものであつたにちがひなからう。青木君の芸術が急に高潮に達した時代、即ち布良で「海の幸」を描いた時代の青木君の生命と直感とが、おのづからかういふ形を取つて現はれて来たのであらう。

その頃の青木君には実際烈しい性の争闘があつた。それが永く続いてゐる間に、次第に絶望的、悲劇的な屈折と反射とを示すやうになつた。それは青木君のために最も誘惑的な姿を取つて現はれて来たのである。これはまた青木君の芸術上施した魔法が、却て青木君の肉体と魂に復讐したものと云へぬこともないであらうか。

ただ素直に事実を語るとすれば、青木君の前に現はれた女性は、青木君の芸術上の唯一の熱心な弟子であつたのである。

それからの青木君の生活は貧困と病患との二重の苦悩であつた。「わだつみのいろこの宮」を描いた後の青木君は我々の眼からすつかり隠されてしまつた。その上を死の重たい陰影がくるんでしまつた。然しながらわたくしには青木君が死んでしまつたとは、どうしても思はれない。いつ不意にわたくしの書斎を訪ねて来まいものでもないと、今だに思つてゐる。青木君が本当にやつて来たらまた徹夜の覚悟である。

「もう話はやめにして寝ようぢやないか。少し疲れて来た」と、わたくしはしばしば、弱い音をふくだらう。この時青木君の不思議な、そしてどこかに寂しさを見せた、あの矜持と苦痛に生滅する口元の微笑は、わたくしを矢張ハシッシユとオピウムの夢に導くであらう。

然るに何事ぞや、遺作展覧会（明治四十五年三月）——人間は何んでこんな無情な皮肉を、青木君のやうな芸術家に浴びせなければならぬであらう。青木君が死んでこれだけの作品を遺しておいたとは、どうしても思へないのである。青木君の夢の片破れが、あつちにもこつちにもまだ死なずに懸つてゐるではないか。大和民族の盛時を偲ぶ天平時代の、あの宗教と芸術と享楽とをつき交ぜた濃密な空気の中に、あの荘厳な寺院の円柱の下に、青木君はまだ立つてゐるではないか。

わたくしはまた九州の放浪中に出来た作品の一つで、珍らしくも軽快、無邪気な「二人の少女」の前で、青木君がわたくしのすぐ側に立つてゐるやうに思はれて、その肩を軽くたゝいて、「青木君、青木君」と無性に云つてみたいやうな気分になつた。すると青木君は少女のかげに姿をかくして、

「僕も本当に疲れてしまつたよ」と、云ふやうにも思はれた。

わたくしは全く寂しい思ひに胸をしめられて、眼を転じたら、あの自画像の基礎の上に、大和民族の特相を表現しようとした「男の顔」が、ぢつと静かにわたくしを凝視してゐた。青木君はそれほどまでに自己の肉体を信じてゐたのである。

薄田泣菫

薄田泣菫詩抄

『暮笛集』

古鏡賦

斧にたふれし白檀《びやくだん》の
高き香《か》森に散る如く、
薄衣とけば遠き世の
ふかき韻《にほひ》ぞ身に逼る。
向へば花の羽衣の

袖のかをりを鼻に嗅ぎ、
叩けば玉の白金《しろがね》の
冠冕《かむり》を弾《はじ》く響あり。

あな古鏡、往《い》にし世に、
額白《ぬかしろ》かりし上臈《じやうらふ》の
恋のうらみに世をすてし
今はのきはのかたみとや、
横さにかかる薄雲の
曇れる影も故づきて、
頼もしき哉、祭壇《かみどこ》の
清き姿をうち湛ふ。

手なれし人も見ず久《ひさ》に、
冷えたる面《おも》にさはりみよ、
花くだけちる短夜を、
瞳子《ひとみ》凝らしし少女子が

柔《やは》き額をながれけむ
熱き血汐の湧きかへり、
春の潮と見る迄に、
昔の夢の騒ぐらし。

乱心地《みだりごこち》の堪へざるに、
泡咲く酒の雫だに、
渇ける舌にふくませよ、
袖に抱きて人知れず、
深野《ふけぬ》の末に踏み入りて、
妻覓《めまぎ》とも見む物狂《ものぐるひ》、
背叩《そびらたた》きて面撫でて、
わが友得ぬと歌はまし。

宿る人霊《すだま》のひびらかば、
怨みある世の夢がたり、
今もむかしも嫉みある

女神、女子《をみな》につれなくて、
人の情の薄かるに、
細き命をつなぎわび、
泣きて逝きけむ上臈の
秘《ひ》めし思を悼まし。

ああ幾度か、若き身の
狂気《くるひ》をこそは望みしか。
今ぞ興《きよう》あり、怨みある
その世の記念《かたみ》、古鏡《ふるかがみ》、
わがふところに蔵《をさ》め得ば、
京童《きやうわらんべ》は嘲るも、
世の煩らひを打ち捨てて、
もの狂はしき身とならむ。
なう古鏡、このあした、
汝《なれ》を抱きて歎く身の

述懐《おもひ》は夢か、蜃気楼《かひやぐら》、
それにも似つる幻か、
いづれ覚むべきものならば、
儘よ、短かき昼の間を、
飽かぬ睦びにあくがれて、
悲しき闇を忘れまし。

鶺鴒の歌

吹革《ふいご》祭の日は寒く、
鍛冶《かぬち》が妻ぞ唯ひとり、
ひねもす窓に居凭《よ》る時、
軒端づたひにこそつきて、
掛菜《かけな》をそそる音きけば、
鶺鴒《みそさざい》来《く》と知られけり。

樵夫《きこり》の娘爪先を
炉にあたたむる雪の朝、
いきふく声を洩れ聞きて、
情郎《せこ》こそ呼べと駈けいでて、
あはれや軒に立ちくらし、
凍えて泣きし談《はなし》あり。

今朝しも山に分け入りて、
谷の小蔭に唯一羽、
鋭《と》き嘴に萱さきて、
巣をあむ振を認めしが、
かへりて妹《いも》にささやくに、
なほわが声をはばかりぬ。

なう鶺鴒木《こ》づたひに
ひとり興がる歌きけば、
夏の日なかの野の鳥の

誇る羽振も忘れはて、
簑虫啄《つ》みて飛びてゆく
汝《な》が姿をぞ愛《め》でしるる。

兄と妹

兄

冬の日背をあたたむる
南の窓のたたずまひ、
胸和《やは》ぐる心地すに、
暫しきたまへ妹よ。

厨女《くりやめ》なくて君ひとり、
灯《ひ》の細るまで針づとめ、
今朝人もこそおとなはね、
心なぐさに歌はまし。

妹

やさしき君が語《ことば》かな、
朝食《あさげ》の皿は注ぎたり、
春着の袖はなほ裁たず、
しばしはともにかたらまし。

ふた親ともに逝きまして、
ひろきこの世に淋しくも、
君が情《なさけ》の言の葉に、
憂《う》さ慰むるわが身なり。

兄

世にたのしきは、妹の
針とる傍によりそひて、
春の日ながをひもすがら
読むいにしへの歌の巻《まき》。

わがよむ文《ふみ》のつくるころ、
きみはた衣《きぬ》をぬひをへて、
手に手をとりて花かげに、
鹿《か》の子のごとくをどるとき。

妹

世にをかしきは、吾兄の
厨のかたに音すると、
手にとる書《ふみ》を読みさして、
ものおそれする夜なかどき。

煽《あふ》つ灯《あかし》をとりもちて、
さむき厨のしのびあし、
うつばり走る鼠子の
小《ちひ》さ姿をみいる時。

兄

春の夜ふかく月影に、
庭の樹間《このま》をさまよひて、
よき物の音のきかましき
宵よといへば、妹は——

やをら緒琴《をごと》をとりおろし、
奏《かな》でいでつる一曲の
あまりに調《てう》のかなしきに、
睫毛《まつげ》うるみし夜もありき。

妹

琴ひきさして見かへれば、
火影《ほかげ》にそむき歎くにぞ、
おぼろにしづむ春の夜に、
何かこつやとこと問へば、

さばかり音のかなしきは、
汝《な》がせつなかる魂の
あらはれとしも思ふにぞ、
いぢらしとこそ歎きしか。

兄

夏朝早く水くむと、
甕を抱きて走りしが、
またかへり来て、躓きぬ、
甕はわれぬと歎くにぞ、
砕くるもよし、陶《すゑ》ものの
甕には惜しき涙ぞと、
いへば、つぶらに眼《た》をひらき、
かた笑みせしは誰が子ぞや。

妹

秋の日、小狗《こいぬ》かくれきて、
手馴《たなれ》の兎捕られぬと、
歌をもよまで窓に凭り、
面杖《つらづゑ》つきて沈めるを、

朝菜《あさな》つむとて圃《はた》にゆき、
芋の葉かげにそれを見て、
抱きかへれば、よろこびて
額《ぬか》づきし日は何日なりし。

兄

五月《さつき》の雨の夕闇を、
奥の一間にものの怪《け》の
様こそすれとふためきて
われかのさまに物狂。

灯《あかし》かざしてうかがへば、

人しれずこそ物かげに、
黒毛の猫のつくばひて、
闇をみつめしをかしさよ。

妹

朝逍遥《あさせうえう》の其の一日、
葡萄の棚の下かげに、
恋歌《こひか》よまめとすずろぎて、
呆《うつ》けしさまにたてる時。

ふとしものに躓きて、
眉根ひそめてむづかるに、
をりこそあれと葉がくれの、
実の一ふさを捧げしよ。

兄

昨夜《きのふ》姫桃《ひめもも》ちりこぼれ、

風香《か》ぐはしき春の日を、
丸髷姿あえかにて、
君窓による夢をみぬ。

七春《ななはる》経《へ》たる樟樹《くすのき》の
若葉そろひて立つ如く、
君鬢《びん》づらの撓《たわ》むまで、
髪ふさやかにたけけりな。

妹

いはば巫覡《かんなぎ》厳《いか》らしく
皺める人に説くに似て、
夢といふなるいつはりを、
鼻うそやぎに見て知りぬ。

昨日むすびし若髪の
解けがちにする風《ふり》見ても、

兄よ再び人妻の
心化粧《こころげせう》はいはずあれ。

兄

世に名も高く響きつる
秀才《すさい》の人にめあはせて、
げにふさはしき花妻と、
歌ひはやさん日は何日《いつ》か。

汝《な》がうつくしき顔《かほ》ばせと、
汝がすぐれつる心とは、
をとこもぞ知る、人の世の
をみなの中の玉《ぎよく》ならめ。

妹

み山の百合とみづからの
童貞《をとめ》をまもる心には、

恋もやがてはいたましき
むごたらしさの力のみ。

男ごころは狼の
餌《ゑ》にうち勝たむねがひのみ
兄よ、二人はいつまでも
生れの家にのこらまし。

兄

男女《をとこをみな》のもてあそぶ
恋といふなるたはむれも、
まことは世にもいたましき
性と性とのあらそひのみ。

わが妹だにうべなはば、
われら二人は天《あま》つ女《め》の
娶《めと》らず嫁《ゆ》かぬ清らさに、

清らさにのみ生きなまし。

妹

うれしや、君はうべなひぬ、
娶らず嫁かぬ天《あま》をとめ、
天つ童男《をぐな》のきよらさに、
きよらさにのみ生きむとて。

うれしや、君はうべなひぬ、
今こそわれは常《とこ》をとめ、
そのたぐひなき喜びを
今こそうたへ高らかに。

（妹歌ふ）

歌ふも、きくも、
ひとりゆゑ、
仇《あだ》になしそね、

君とわれ。

古酒甕《ふるさかがめ》の

われ目より、

したたる露は、

わが身かや。

甘しと嘗めて

称《たた》ふれど、

誰、盃の

ものとせず。

爰に自然と、

はらからの

深き慰藉《なぐさ》の

なかりせば。

むしろ背きて　海にゆき、
思を波に　消さましを。
春の日小野の　逍遥に、
ふるき小笛を　拾ひきて、
息吹きこめて　なぐさむに、
ふと吾胸の　ゆるぎつる。
世の市人《いちびと》の　きかんには、

あまりに音の
　やさしきに。
若葉の蔭に
　尋ね来て、
君としふたり
　吹きてみる。
吾笛ふけば、
　君立ちて
舞ひこそあそべ、
　草のへに。
目は大海《わだつみ》の
　珠《たま》に似て、
光りすずしく、
　輝けり。

足は菫の
　　花ふみて、
鹿《か》の子の如く
　　舞ひのぼる。

艶《あて》なるかなや、
　　君は誰《たれ》、
笛なげうちて
　　物狂。

今こそ得つれ、
　　もとめても
世に見ぬ幸《さち》を
　　君が手に。

ああ、はらからよ、

縁《えん》あれば、
かくは手をとり
相したへ。
ああ、はらからよ、
来む世にも、
おなじ縁《えにし》の
君をこそ。
笛とりあげて
吹きいでぬ、
声は天《そら》にや
ひびくべき。
見よ美くしき
眉のねに、
歓喜《よろこび》の色

あらはれぬ。
君喜べり、何かまた、
世のわづらひを思ふべき。
愚ならめや、われはよく
兄なぐさむるすべをしる。
愚ならめや、われはよく
妹なぐさむるすべをしる。

蟋蟀

婢女《はしため》眠りて廚《くりや》さむく、
小鼠古巣にこもる夜半を、
冷え行く竈に友もあらで
節おのづからに蟋蟀《こほろぎ》鳴く。
かすかに顫へる己が歌の
ひびきを興がるいろも見えて、
眉の毛ふれるよ、鳴きつ、飛びつ、
無心のたはむれ忙がしげに。
更け行く半夜《よなか》の影を惜み、
見えがたきものの見まほしさに、
燭《ひ》とりて窺ふ吾がけはひに、
おどろき隠るるあわただしさ。
燭をこそ消さまし、心ゆるに
唱へよ、竈に静歌《しづうた》をば。

江戸河にて

纎雲《ほそぐも》縹《はなだ》に長くながれ、
落つる日黄ばめるこの夕暮、
おもむきあるかな、筏浮けて
舟人河瀬に軽くさせり。
静けき夕の心やりか、
欸乃《ふなうた》一《ひと》ふし歌ひさして、
ほのかに笑まひぬ、水《み》馴棹《なれざを》に
くだくる小波をあとに見つつ
人皆煩らふ空のもとに、
自然の愛子《まなご》か、君はひとり
赤丹穂《あかにのほ》に見る顔の色に、
心の平和《やはらぎ》うかがはれぬ。
似るものもあらぬ羨ましさ、
暫しはたゆたへ、なう舟子《ふなご》よ。

巌頭にたちて

思に堪へで磯の辺《べ》の
巌《いはほ》が上にたたずめば、
沈める海の底ふかく、
かくれて湧くや春の濤《なみ》。

干潟《ひがた》にくぼむ蜑《あま》が子の
足占《あうら》のあとにたたへつる
なごりに映《うつ》る影みれば、
やつれにけりな、わがかほの。

耳をすませば、岩がくれ
薄き命《いのち》の響きして、
風にわななく蘆の葉の
波間に沈む一ふしよ。

色めきそむる葦かびの
波に折らるる音をきけば、
浮世の海に漂《ただよ》へる
若き命《いのち》のはかなしや。

琵琶湖畔にたちて

走る油鰭《もろこ》よみがくれに
網代《あじろ》の網はくぐるとも、
ゆめ洩らさじな、悲しみの
細き釣緒にさはりては。
透影《すきかげ》しろき鱗《いろくづ》を
柳のかげにのぞき見て、
毒ある海にあえかなる

身の薄命をおもふかな。

木葉に似たる身を寄せて、
藻屑《もくづ》がくれにひるがへる
若きすさみも春の日の
暮れぬる程のひまと知れ。

水際《みぎは》に白き小波《さざなみ》を
薄き鰓《あぎと》にくだきては、
心ありげの物ずさみ、
何をかくるる吾友よ。

星の光りに影みえて、
浦づたひ行く蜑《あま》が子の
足音《あのと》に響く真砂路《まさごち》に、
小さき鰭《ひれ》をさしつけよ。

氷雨《ひさめ》に折れし葦の葉の
春に遇ひつる心地して
汝《なれ》もつめたき砂摺《すなずり》に、
あつき血汐や覚ゆらめ。

げに人の世は荒金《あらがね》の
さびをし溶かす窯《かま》なりや、
真金《まがね》のつやを見まくせば、
底《そこひ》の熱をあたためよ。

そこに沈める真珠《またま》あり、
ここに香《かを》れる野花あり、
ゆくな油鰭よ、宵暗を
なに恥かしき契《ちぎり》かは。

揖保川にて

水色しろき揖保川の
みぎはを染むる青草に、
牛飼ひなるる里の子を
誰し哀れと見たまふか。

堤七里に行きくれて、
脚絆《はばき》解く間の夕闇を、
城のやぐらに花散りて、
老いにけるかな、この春も。

牛追ひかへる野の路に、
踏むは、紫つぼ菫、
踵すりよせ佇みて、
なげく心を知るや君。

人に別れて野にくだり、
牛追ふ子らの名に入れど、
春ゆく毎に袖裂きて
昔の夢を思ふかな。

星はいでたり、夜頃《よごろ》来て、
慰めを見るそのかげに、
今宵は堪へず膝をりて、
袂に顔をさしあてぬ。

ああ、和らかき真砂地に、
蹄のあとをさはりみて、
愚なる身に人知れず、
熱き涙をそそぐかな。

たのしみもなき人の世の

寂しき境《きは》に泣かんより、
われは情ある獣《けだもの》の
野辺の睦びを望むなり

水色しろき揖保川の
みぎはを染むる青草に、
牛追かへる里の子を、
誰し哀れと見たまふか。

『ゆく春』

夕暮海辺に立ちて

黄や、くれなゐや、浅葱《あさぎ》の
雲藍色にしづみて、
日の影しづかに薄れ行けば、
黄金《こがね》浮けし波の穂の
揺ぎも底に隠ろひ、
小兵《こひやう》の星のみひとつふたつ
遠き空にまたたきて、
夜《よ》の幕しづかに空を閉ぢぬ。

島姫宿る巌蔭、
流れ緩き淵の上、
疲れしかひなに楫《かぢ》をとりて、
白く光る鱗の
跳ねかへる音を聞きつつ、
今漕ぎ帰るか蜑の子らは、
闇き浪路の夕暮、
わが岸何れと惑ふらんよ。

磯辺に立てる荒屋《あばらや》、
童女《むすめ》は早く眠りて、
女房廚屋に隙《ひま》や得つる、
形《かた》よき貝の火盤《ひざら》を
南の窓に点《とも》して、
舟漕ぐ目路《めぢ》にと軽くすゑぬ。
伏目がちなる尼僧《にそう》の、
法会にともせる燭《しょく》の如く。

夜次第に拡がりて、
引汐走る音のみ
真闇に知らるる海のかなた、
白き手すがる戸の上、
低き光の目標《めじるし》、
船人かへると思ひやれば、
胸に沁み入る平和に、

おぼえず涙を巌に垂れぬ。

小鼠に与ふ

廚女《くりやめ》皿《さら》を灌《そゝ》ぐとて、
水吹く管《くだ》を開けしまま。
戸に凭《よ》る頃を窺ひて、
出でしや、鼠穴の巣を。

窓洩る光ほの暗く
粉曳臼《こなひきうす》の上に落ち、
人の形を映すとも、
恐るる勿れわが友よ。

倉にこぼれし米ありて
三粒の糧《かて》に飽きたりや、

にこ毛ふくらむ汝《な》が胸は、
幸《さち》や孕むと疑はる。

物蔭づたひ往きめぐる
ちいさ姿を眺めては、
誰か夜に盛る盃の
底の薬を悔まざる。

田に米蒔きて稗得しや、
米獲て倉に満たざるや、
人地の幸を思ひ見ば、
鼠に糧《かて》を惜まざれ。

壁の壊れにくぐり入り、
脚そばだてて何を見る、
胸に小さき智慧ありて、
世の成りゆきを観《くわん》ずるか。

ああ詐欺《たばかり》に身は瘠せて
争ひ多き市《いち》の上、
影にも堪へぬ鼠子の
清き目を引く価値ありや。

聴け君、穴の暗きより
ききと物噛む響《ひびき》する。
今人の世の恥なきに、
鼠なくやとわれ惑ふ。

自然に依りて足る可きを、
人営《いとな》みて何するや。
噛むに故あり、願くは
神この穴に平和《やはらぎ》を。

ああ鼠子よ、此処に来て

暫しはわれと共にせよ、
誰《た》が手か、倉の白壁の
鳥羽絵《とばゑ》に似たる笑をば。

罪

「夕ぐれ集会《しゆゑ》あり、堂に上れ、
老師ぞきたる」と示《しめ》しあれど、
身ひとり樹蔭に隠れ入りて
懸想《けさう》の痛みを忍び泣きぬ。
素より成道興《じやうだうきよう》にあらず、
頤《おとがひ》瘠《や》せてもつとむべきを、
若きぞ罪なる、人を見ては、
すぐよか心も動きそめぬ。
聞け、今和讃《わさん》ぞ堂におこる、

世の路よけつる報《むくい》ありて、
友みな仏の恩《めぐみ》得《う》るに、
われのみひとりや罪におつる。
罪をも厭はじ、人もあらば
凭《よ》りても泣かんを、人もあらじ。

夏の白昼

野苺《いちご》の葉がくれ光よけて、
蜥蜴も眠れる夏の真昼、
静かに南の窓にもたれ、
黒髪ながきを思ひ慕ふ。

をりから草笛《くさぶえ》ゆるに響き、
野山のしらべの聞ゆるにぞ、
つひにはこらへず庭におりて、

木闇《こぐれ》の小路に隠れ入りぬ。
ああ野の小羊水を飲むと、
ぬるめる流れに走る頃を、
似つや恋ふる身は心かはき、
君があたりへとあくがれ寄る。
若きぞ悲しや、うらぶれては、
心なぐさむる術《すべ》もしらね。

巖頭沈吟

一　なげきの巻

空藍色に晴れ渡り、
波ゆきかへりのたくる日、
よるは巖かげ、潮の香の
たよたよとこそ烟らへれ、

水平線に尾を垂れて、
雲薄色に曳くほとり、
心おのづとあくがれて、
市《いち》のどよみは遠ざかる。

倦《う》んずる童女母《どうによはは》により、
野の戯れをしのぶ如《ごと》、
海をしみれば故しらず
去りけむ人ぞおもはるる。

人よ、余りにつらかりし、
慕へるわれを後にして、
白帆のかげに身をひそめ、
波のかなたに往きしかな。

干潟《ひがた》に落つる貝の葉に

盛るべき程の情《なさけ》あらば、
低き波止場《はとば》の舟《ふな》よそひ、
手招きしなば足りなんを。

往きにし方は何方《いづれ》ぞと、
巌にのぼりて眺めしも、
波路のはては灰色に、
涙ながれて見えわかず。

せめて慰む術《すべ》もやと、
歌に心をかへししも、
背きし罪か、詩の神の
助《たす》けありとも思はれね。

笛の手何か、きよき音は
うら安《やす》にこそ興を見れ、
人を怨みてなげく身は、

唯泣かしむる節《ふし》ばかり。
日向《ひうが》の国よ、草ふかく
露しげき野と聞きにしが、
君はいづくをさまよへる、
和手《やはて》懸くべき肩ありや。

ああ聖きかな、天《そら》の上、
恋知る女神詩をも知る。
女ごころを委ねんに、
歌人ならで誰かある。

帰れ恋人、くちびるは
胸の焔に渇きたり、
君かへりこむ其日まで、
また花びらに触れもせじ。

鳴くを引汐おちゆきて、
再び島にかへる時、
浦に水鳥みえずとも、
悔いずや、君は永久《とことは》に。

身は真実男《まめをとこ》、うらわかき
荅の花の血を染めて、
人の世に入る門《かど》の戸に。
怨恨《うらみ》のあとをしるさざれ。

胸のいたみに堪へやらず、
足音低く歩みきて、
独りひめつる君が名を
干潟《ひがた》に深く書きて見る。

ああこの文字の永劫《とことは》に
消えじとあらばわが恋の

足らましを、若し夕潮《ゆふじほ》の
頭《かしら》もたげて寄せもせば。

帰れ恋人、くちびるは
胸のほのほに渇きたり、
君かへり来むその日まで、
また花びらに触れもせじ。

夢かや、小野の木のかげに、
人しれずこそかき抱き、
恋のうまさに酔ひつれと、
そと囁きて笑みし日は。

恋する人に雄《を》ごころと、
もの忘れとを与へずや。
いまの歎きに過ぎし日の
快楽《けらく》おもふに忍びじよ。

おもへば悲し、君が手に
詩の清興《せいきよう》を捨てしより、
名誉《ほまれ》まれなる桂の葉、
つひに頭《かうべ》にまとひ得ず。

いままた君を失ひて、
恋の盃覆へる。
かくてわが世はものうかる
日日のねむりの続きのみ。

手負《てお》ひの鷲の巣にかへり、
翼を嚙みて鳴く如く、
巌にすがりて伏ししづむ
人のありとは知るや、知らずや。

二　のろひの巻

見よ、龍宮の反《そ》り橋か、
虹こそかかれ花やかに、
人まどふ世に何の栄《はえ》ぞ、
二つに裂けて海に落ちよ。

ものみな絶えよ、空に星、
下に野の花、なかに恋、
三つの飾りと聞きつるを、
人の花まづ砕けたり。

残るは悪と、憎しみと、
せせら笑ひと、偽りと、
涙と、石と、籾がらと、
をみなの好む小猫のみ。

潮の香櫂《かい》にけぶらせて、
舟漕ぎかへる鰹魚釣、

海幸《うみさち》いかに多くとも、
人待つ岸に繫がざれ。

をみなの白き柔肌《やははだ》の
底の浅きにくらべては、
花藻《はなも》のうかぶ淵の上、
浪はありとも住みやすき。

われは隠れ家こぼたれて、
頼るよしなきひとり兒ぞ。
昔の夢の追懐《おもひで》の
いたらぬ方は、――死《しに》ならし。

ああ悲みの人の子に、
死は故郷《ふるさと》の思あり。
ああ望なき人の子に、
死は垂乳女《たらちめ》の姿あり。

胸もあらはに衣《きぬ》裂《さ》きて、
濃青《こあを》の淵にのぞむとき、
母の腕による如き
安きおもひのなからずや。

ああうつくしき女《をんな》子《こ》に、
永《と》久《は》にとけせぬ呪詛《のろひ》あれ。
男《をのこ》のひとりここにして、
若き生命《いのち》をうしなひぬ。

ああうつくしく女子に、
永久にとけせぬ呪詛あれ、
男のひとりここにして、
清き心を葬りぬ。

かつては白き指触れて、

愛の巣とこそ戯れし
身をさながらや、石の如《ごと》
濃青の淵に投げなまし。

かつては腕やはらかに、
わが宝ぞと抱きける
身をさながらや、土の如
濃青の淵に沈めまし。

知んぬ、みめよき女子は、
いまはの人の恨みをも、
なほ縦琴《たてごと》の空鳴《からなり》に、
空鳴にしも似つといふ。

見よ、王法《わうぼふ》の罪人が、
白き額《ひたひ》をうつぶしに、
断頭台《くびのざ》にしものぼる如、

立ちこそあがれ、巌の上《へ》に。

立ちこそあがれ、巌の上に、
涙は雨とあふれ来ぬ、
死を怖れめや、怖れずの
男ごころを愛《を》しめばぞ。

男ごころよ、なが領に、
顔かがやきて胸冷えて、
御苑《みその》にたてる石彫の
女神に似つる子はなきや

その円肩《まるがた》に手をかけて、
ほほゑみをしも待たまくば、
寧ろや海の牡蠣が身の
巌根の夢を羨まむ。

黒潮よどむ海の底、
恋も、詩歌《しいか》も、才《ざえ》も、名も、
根なき藻草の一枝に、
花を飾るに足らざらむ。

ああ海、——鰐のすむところ、
海豚《いるか》の列のすむところ、
わかき命は一片《ひとひら》の
蘆の葉をだに価ひせじ。

海士《あま》もし知らばいかならむ、
すなどりすべく来つる朝、
網に死屍《むくろ》を引き揚げて、
臂《ひじ》もわななく物怖れ。

幸《さち》と糧《かて》との家として、
日毎なじめるわだつみに、

身を沈めつる人ありと、
世の運命《さだめ》をし思ふにも。

さもあらばあれ、虹の環の
消ゆるが如く、死の邦《くに》に、
潮の底に、故郷《ふるさと》に
吾は帰らめ、――さらば、さらば。

『二十五絃』

破甕の賦

火の気も絶えし廚に、

古き甕は砕けたり。
人のかこつ肌寒を
甕の身にも感ずるや。

古き甕は砕けたり、
また顔円き童女《どうにょ》の
白き腕に巻かれて、
行かめや、森の泉に。

くだけ散れる片われに、
窓より落つる光の
静かに這ふを眺めて、
独り思ひに耽りぬ。

渇く日誰か汝《いまし》を
花の園にも交《か》へめや。
くちびる燃ゆる折々、

掬みしは吾が生命なり。

清きものの脆かるは、
いにしへ人《びと》に聞きにき。
汝はた清かりき、
古き甕は砕けたり。

ああ土よりいでし人、
清き路を踏みし人、
そらの上を慕ふ人、
運命甕に似ざるや。

古き甕は砕けたり、
壊片《こはれ》を手に拾ひて、
心憂ひにえ堪へず、
暮れゆく日をも忘れぬ。

公孫樹下にたちて

1

ああ日は彼方《かなた》、伊太利の
七つの丘の古跡《ふるあと》や、
円き柱に照りはえて。
石床《いしゆか》しろき回廊《わたどの》の
きざはし狭《せば》に居《ゐ》ぐらせる
青地襤褸《あをぢつづれ》の乞食《かたゐ》らが、
月を経て来《こ》む降誕祭《くりすます》、
市《いち》の施物《せもつ》を夢みつつ、
ほくそ笑《ゑみ》する顔や射む。
ああ日は彼方、北海《きたうみ》の
波の穂がしら爪《つま》じろに、
ぬすみに猟《あさ》る蜑が子の

氷雨《ひさめ》もよひの日こそ来れ、
幸《さち》は足りぬ、と直《ひた》むきに
南へかへる舟よそひ、
破《や》れし帆脚や照すらむ。
ここには久米の皿山の
巓《いただき》ごしにさす影を、
肩にまとへる銀杏の樹、
向脛《むかはぎ》ふとく高らかに、
青きみ空にそりたる、
見れば鎧《よろ》へる神の子の
陣に立てるに似たりけり。

2

ここ美作《みまさか》の高原《たかはら》や、
国のさかひの那義山《なぎせん》の
谿にこもれる初嵐、
ひと日高みの朝戸出《あさとで》に、

遠く銀杏のかげを見て、
あな誇りかの物めきや、
わが手力《たぢから》は知らじかと、
軍もよひの角笛を、
木木に空門《からと》に吹きどよめ、
家の子あまた集へ来て、
黒尾峠の懸路《かけぢ》より
風下《かざした》小野《をの》のならび田に、
穂波なびきてさやぐまで、
勢あらく攻めよれば、
あなや大樹《おほき》のやなぐひの
黄金の矢束《やづか》鳴だかに、
諸肩《もろがた》つよく揺ぎつつ、
賤しきものの逆らひに、
滅びはつべき吾が世かと、
あざけり笑ふどよもしや、
矢種《やだね》皆がらかたむけて、

射継早《いつぎばや》なるおろし矢に
射ずくめられし北風は、
またも新手をさきがけに
雄誥《をたけび》たかく手突矢の
鏃《やじり》ひかめく囲みうち。
頃は小春の真昼すぎ、
因幡ざかひを立ちいでて、
晴れ渡りたる大空を
南の吉備へはしる雲、
白き額をうつぶしに、
下なる邦のあらそひの
なじかはさのみ忙しきと、
心うれひに堪へずして、
顧みがちに急ぐらむ。
黄泉《よみ》の洞なる恋人に
生命の水を掬ばむと、

七つの関の路守に、
冠と衣《きぬ》を奪はれて、
「あらと」の邦におりゆきし
生身《なまみ》素肌《すはだ》の神の如、
ああ争ひの七八日《ななやうか》、
銀杏は征矢《そや》を射つくして、
雄々しや空手《むなで》真裸《まはだか》に、
ほまれの創の諸肩を、
さむき入日にいろどりて、
み冬の領《りやう》にまたがりぬ。

3

ああ名と恋と歓楽《たのしみ》と、
夢のもろきにまがふ世に、
いかに雄々しき実在の
眩きばかりの証明《あかし》ぞや。
夏とことはに絶ゆるなく

青きを枝にかへすとも、
冬とことはに尽くるなく
つねにその葉を震ひ去り、
さては八千歳《やちとせ》霊木《りやうぼく》の
背《そびら》の創は癒えずして、
戦ひとはに新らしく、
はた勇ましく繰りかへる。
銀杏よ、汝常磐樹《ときはぎ》の
神のめぐみの緑葉を、
霜に誇るにくらべては、
いかに自然の健児ぞや。
われら願はく狗児《いぬころ》の
乳《ち》のしたたりに媚ぶる如、
心よわくも平和《やはらぎ》の
小さき名をば呼ばざらむ。
絶ゆる隙《ひま》なきたたかひに、
馴れし心の驕りこそ、

ながき吾世のながらへの
栄《はえ》ぞ、価値《あたひ》ぞ、幸福《さいはひ》ぞ。
公孫樹《いてふ》よ、汝《なれ》のかげに来て、
何かも知らぬ睦魂《むつだま》の
よろこび胸に溢るるに、
許せよ、幹をかき抱き、
長き千代にも更《か》へがたの
刹那《せちな》の酔にあくがれむ。

おもひで

春の夜はしづかに更けぬ、
はゆま路の並木のけぶり、
箱馬車は轍《わだち》をどりて、
宮津より由良へ急ぎぬ。

朧夜の窓のあかりに、
京むすめ、難波商人《あきうど》、
朽尼《くちあま》や、切戸《きれど》まうでや、
人の世の旅の道づれ。

物がたり吹呿《おくび》まじりに、
眠り目のとろむとすれば、
誰が子にか、後《しりへ》のかたに
をりからの追分ぶしや。

清らなる声ひとしきり、
谿あひのささら水なみ、
咽び音に響きわたれば、
乗合はなみだこぼれぬ。

月落ちて闇の夜ぶかに、
箱馬車は由良へとどきぬ。

客人《まらうど》は車をおりて、
西東みちに別れぬ。

その後やいく春経けむ、
おほ方は夢にうつつに、
忍びてはえこそ忘れね、
由良の夜の追わけ上手《じやうず》。

その子今何処にあらむ、
思ひ出の清きかたみや、
人々のこころに生きて、
とことはに姿ぞわかき。

海　女

君は都のさかしら女《め》、

磯まの小屋のおとづれに、
蜑が言葉のつたなきを、
いかなればとや問ひ給ふ。

身は海松《みるめ》刈る潜《かづ》き女《め》の
浪路のそこに沈み入り、
真珠、珊瑚の玉しける
龍の宮居に目馴るれば、

海の秘密を洩すやと、
おほ海神《わだつみ》のうたがひに、
をんなの才《ざえ》を奪はれて、
さは愚かしくなりはてぬ。

『白羊宮』

ああ大和にしあらましかば

ああ、大和にしあらましかば、
いま神無月、
うは葉散り透く神無備《かみなび》の森の小路を、
あかつき露に髪ぬれて、往きこそかよへ、
斑鳩《いかるが》へ。平群《へぐり》のおほ野高草の
黄金の海とゆらゆる日、
塵居《ちりゐ》の窓のうは白《じら》み日ざしの淡《あは》に、
いにし代の珍《うづ》の御《み》経《きやう》の黄金文字、
百済《くだら》緒琴《をごと》に、斎《いは》ひ瓮《べ》に、彩画《だみゑ》の壁に
見ぞ恍《ほ》くる柱がくれのたたずまひ。
常花《とこはな》かざす芸の宮、斎殿《いみどの》深く

焚きくゆる香ぞ、さながらの八塩折《やしほをり》
美酒《うまき》の甕《みか》のまよはしに、
さこそは酔はめ。

新墾路《にひばり》の切畑《きりばた》に、
赤ら橘葉がくれにほのめく日なか、
そことも知らぬ静歌《しづうた》の美《うま》し音色に、
目移しの、ふとこそ見まし、黄鶲《きびたき》の
あり樹の枝に矮人《ちいさご》の楽人《あそびを》めきし
戯《ざ》ればみを。尾羽身《をばみ》がろさのともすれば、
葉の漂ひとひるがへり、
籬《ませ》に、木の間に、——これやまた野の法子児《ほふしご》の
化《け》のものか、夕寺深く声《こわ》ぶりの
読経《どきやう》や、——今か、静こころ
そぞろありきの在《あ》り人の
魂《なましひ》にしも沁み入らめ。

日は木がくれて、諸とびら
ゆるにきしめく夢殿の夕庭寒く、
そそ走りゆく乾反葉《ひそりば》の
白膠木《ぬるで》、榎《え》、楝《あふち》、名こそあれ、葉広菩提樹《はびろぼだいじゅ》、
道ゆきのさざめき、諳《そら》に聞きほくる
石廻廊《いしわたどの》のたたずまひ、振りさけ見れば、
高塔《あららぎ》や九輪の錆に入日かげ、
花に照り添ふ夕ながめ、
さながら、緇衣《しえ》の裾ながに地に曳きはへし
そのかみの学生《がくしよう》めきし浮歩《うけあゆ》み、——
ああ大和にしあらましかば、
今日神無月日のゆふべ、
聖《ひじり》ごころの暫しをも、
知らましを身に。

ひとづま

あえかなる笑や、濃青《こあを》の天つそら、
君が眼ざしの日のぬるみ、
寂しき胸の末枯野《くだらの》につと明らめば、
ありし世の日ぞ散りしきし落葉樹《おちばぎ》は、
また若やぎの新青葉《にひあをば》枝に芽ぐみて、
歓喜《よろこび》の、はた悲愁《かなしび》のかげひなた、
戯《あざ》るる木間《こま》のした路に、美《うま》し涙の
雨滴《あまじた》り、けはひ静かにしたたりつ、
蹠《あなうら》やはき「妖惑《まよはし》」の風おとなへば、
ここかしこ「追懐《おもひで》」の花淡じろく、
ほのめきゆらぎ、「囁き」の色は唐棣《はねず》に、
「接吻《くちづけ》」のうまし香《かをり》は霧の如
くゆり靡きて、夢幻《まぼろし》の春あたたかに、
酔ごこちあくがれまどふ束の間を、

あなうら悲し、優《やさ》まみの日ざしは頓に
日曇《ひなぐも》り、「現《うつ》し心」の風あれて、
花はしをれぬ、蘖《ひこば》えし青葉は落ちぬ、
立枯の木《こ》しげき路よ、ありし世の
事栄《ことばえ》の日ははらかにそ走りゆき、
鷺脚の「歎き」ぞ、ひとり青びれし
溜息低にまよふのみ。——夢なりけらし、
ああ人妻、——
実《げ》にあえかなる優目見《やさまみ》のもの果なさは、
日直《ひなほ》りの和《な》ぎむと見れば、やがてまた
掻きくらしゆく冬の日の空合《そらあひ》なりき。

望郷の歌

わが故郷《ふるさと》は日の光蟬の小河にうはぬるみ、
在木《ありき》の枝に色鳥《いろどり》の咏《なが》め声する日ながさを、

物詣する都女《みやこめ》の歩みものうき彼岸会や、
桂をとめは河しもに梁誇《やなぼこ》りする鮎汲みて、
小網《さで》の雫に清酒《きよみき》の香をか嗅ぐらむ春日なか、
櫂の音《と》ゆるに漕ぎかへる山桜会《やまざくらゑ》の若人《わかうど》が、
瑞木《みづき》のかげの恋語り、壬生《みぶ》狂言《きやうげん》のわざをぎが
技《わざ》の手振の戯《ざれ》ばみに笑み広ごりて興じ合ふ
かなたへ、君といざかへらまし。

わが故郷は、楠の樹の若葉仄かに香ににほひ、
葉びろ柏は手だゆげに風に揺ゆる初夏を、
葉洩りの日かげ散斑《ばらふ》なる糺《ただす》の杜《もり》の下路に、
葵かづらの冠して、近衛使《このゑづかひ》の神まつり、
塗の轅《ながえ》の牛車ゆるかにすべる御生《みあれ》の日、
また水無月の祇園会や、日ぞ照り白む山鉾の
車きしめく広小路、祭物見の人ごみに、
比枝《ひえ》の法師も、花売も、打ち交りつつ頽《なだ》れゆく
かなたへ、君といざかへらまし。

わが故郷は、赤楊《はんのき》の黄葉《きば》ひるがへる田中路、
稲搗《いなき》をとめが静歌《しづうた》に黄《あめ》なる牛はかへりゆき、
日は今終《つひ》の目移しを九輪の塔に見はるけて、
静かに瞑《ねむ》る夕まぐれ、稍散り透きし落葉樹《おちばぎ》は、
さながら老いし葬式女《はうりめ》の、懶《たゆ》げに被衣引延《かづきひきは》へて、
物歎かしきたたずまひ、樹間《こま》に仄めく夕月の
夢見ごこちの流眄《ながしめ》や、鐘の響の青びれに、
札所めぐりの旅人は、すずろ家族《うから》や忍ぶらむ
かなたへ、君といざかへらまし。

わが故郷は、朝凍《あさじみ》の真葛が原に楓《かへで》の葉、
そそ走りゆく霜月や、専修念仏《せんじゆねぶち》の行者らが
都入りする御講凪《おかうな》ぎ、日は午《ひる》さがり夕越《ゆふごえ》の
路にまよひし旅心地、物わびしらの涙眼《いやめ》して、
下京あたり時雨するうら寂しげの日短かを、
道の者なる若人は、ものの香朽ちし経蔵に、

塵居《ちりゐ》の御影《みかげ》、古渡《こわた》りの御経《みきやう》の文字や愛《めで》しれて、
夕くれなゐの明らみに、黄金《こがね》の岸も慕ふらむ
かなたへ、君といざかへらまし。

離　別

別れは、小野の白楊《はこやなぎ》、
夕日がくれに落つる葉の
長息《なげき》よ、繁《しじ》にうらびれて、
さあれ、静かに離《か》れゆきぬ。

かたみの路の足悩《あなゆ》みに、
思ひしをれて弛《たゆ》む日は、
美くしかりしそのかみの
事栄《ことばえ》にしもなぐさまめ。

愛《め》でのさかりに、何知らず、
この日もやがてありし世の
往きてかへらぬ追懐《おもひで》と、
消ゆらめとこそ思ひしか。

美き名

今日しも、卯月宵やみに、
十六夜《いざよひ》薔薇《うばら》香《か》ににほふ。
なつかしきもの、胸の戸に、
黄金《こがね》の文字の名ぞひとり。

神はをみなを召しまして、
いづくは知らず往にしかど、
大御心のふかければ、
残る名のみは消しませね。

くちづけ

今朝あけぼのの浦にして
われこそ見つれ、面《おも》ほでり、
濃青《こあを》の瞳子《ひとみ》ひたひたの
み空と海の接吻《くちづけ》を。

君や青空、われや海、
ああ酔心地、擁《だき》しめに
胸ぞわななく、さこそかの
か広き海も顫ひしか。

寂寥

とのゐやつれの雛星は、

まぶしたゆげにまたたきつ、
竹柏《なぎ》の老木は寝おびれて
夢さわがしく息づきぬ。
　　夜はもなか、
　　　吾ひとり、
かすかに物のけはひして、
ささやく心地、さびしさの
香《か》にほのめきて身にぞしむ。

　　白すみれ

忘れがたみよ、津の国の
遠里小野の白すみれ、
人待ちなれし木のもとに、
摘みしむかしの香《か》ににほふ。

日は水の如往きしかど、
今はたひとり、そのかみの
心知りなるささやきに、
物思はする花をぐさ。

ふと聞きなれししろがねの
声《こわ》ざし柔《やは》きしのび音に、
別れのゆふべ、さしぐみし
あえかのまみを見浮べぬ。

樹の間のまぼろし

葉こそこぼるれ、神無月
かかる日なりき、
黄櫨《はじ》の木かげに俯居《うつゐ》して、
恋がたりする人も見き。

•

葉こそこぼるれ、午《ひる》さがり、
かかる日なりき、
かたみに人は擁きあひ、
接吻《くちづけ》にこそ酔ひにしか。

葉こそこぼるれ、そのかみの
二人のひとり、
ふとありし日のまぼろしを
吾かのさまに見惚《みほ》けぬる。

枯薔薇

乾《から》びぬ、薔薇《うばら》。あかねさす
花の若えはおとろへぬ。
今はのきざみ、ため息の

香こそ仄めけ、くちびるに。
愛《め》でのまどひに何知らず、
面がはりせし人妻の
まみの窶《やつ》れに消えのこる
日のなまめきを見浮べつ。

ふとまた聞きつ、榛樹《はしばみ》の
縒葉《よりば》こぼるる木がくれに、
人しれずこそ会ひし日の
忘れて久のささやきを。

睡蓮の歌

水うはぬるむ水無月の
夏かげくらき隠《こも》り沼《ぬ》に、

花こそひらけ、観法《くわんばふ》の
日を睡蓮のかた笑《ゑま》ひ。

しろがね色の花蕚《はなぶさ》に、
一《いち》炷《す》のかをり焚きくゆる
蘂《しべ》は、ひねもす薫習《くんじふ》の
沼《ぬ》の気《け》に染みてたゆたひぬ。

たたなはる葉のひまびまに、
ほのめきゆらぐ未敷蓮《みふれん》の
ひとつびとつは後の日を
この日につなぐ願《ぐわん》ならし。

夕となれば水《み》がくれの
阿摩《あま》なる姫がふところに、
ひと日をやがて現想《げんさう》の
うまし眠りに隠ろひぬ。

沼《ぬ》にひとりなる法子児《ほふしご》の
翡翠《かはそび》ならで、くだちゆく
如法闇夜《によほふあんや》に睡蓮の
聖《ひじ》り世を誰がしのぶべき。

わかれ

別れぬ、二人。魂合《たまあ》ひし身は、常世《とこよ》にも
離れじとこそ悶えしか、そも仇なりき。
落葉もかくぞ相舞《あひまひ》に散りはゆけども、
分ちぬ、風は追わけに。さて見ず知らず。

『こもり唄』

つばくら

紺の法被《はつぴ》に白ぱつち、
いきな姿のつばくらさん、
お前が来ると雨が降り、
雨が降る日に見たらしい
むかしの夢を思ひ出す。

猿の喰逃げ

お山の猿はおどけもの、
今日も今日とて店へ来て、

胡桃を五つ食べた上、
背広の服の隠しから、
銀貨を一つ取り出して、
釣銭《つり》はいらぬと、上町の
旦那のまねをしてゐたが、
銀貨は贋《にせ》の人だまし、
お釣銭《つり》のあらう筈がない、
おふざけでないと言つたれば、
帽子《しやつぽ》を脱《ぬ》いで、二度三度
お詫び申すといふうちに、
背広の服のやぶれから
尻尾《しつぽ》を出して逃げちやつた。

雉

向う小山の雉の子は、

何になるとてほろろうつ、
鷲になるとてほろろうつ。
鷲になるまい、鷹になろ、
鷹になるまい、雉になろ。

雉は山鳥、山の木へ、
人に知られぬ巣をかけて、
やんがて雛をあやすとて、
ほろろほろろと唄ひます。

なつめ

棗の枝をゆすぶれば、
黄金《こがね》の色の実が落ちる。
妹が一人あつたなら、
夏は二人でうれしかろ。

一人はあつた妹は、
いつぞや遠い国へ往つた。
知らぬ木蔭でこのやうに
夏は木の実を拾ふやら。

大笑ひ

梟が水を泳ぐなら、
海鼠《なまこ》が山へのぼるなら、
鼹鼠《むぐら》が唄をうたふなら、
お道化《どけ》眼鏡《めがね》を覗くより、
なんぼうそれが可笑しかろ。

梟は水に沈まうし、
海鼠は路で滑らうし、

鼹鼠は唄をどもらうし、
その可笑しさに神様も
お腹抱《なかかか》へて笑はれう。

しぐれ

二十日《はつか》鼠は巣にこもる、
鮎は流れの瀬をくだる、
円葉柳《まるばやなぎ》の葉は落ちる、
新嘗祭過ぎてから、
秋は寂しい日ばかりで、
今日も時雨がふるさうな。

狐の嫁入

向う小山の山の端《は》に、
日は照りながら雨が降る。
野らの狐の嫁入が
楢の林を通るげな。

をさな馴染の小狐を
向う小山へ立たせたら、
明日より誰を伴《つれ》にとて、
狸《まみ》は古巣で泣いて居《を》ろ。

『十字街頭』

落穂拾ひ

葉は落ちぬ、
小野の榛《はん》の木、
灰いろの
影のただよひ
落穂ひろひ、——
かなしびは
たゆげに動く。

尋《と》めあゆむ
『きのふ』の落穂、
ひろひしは

唯粃《しひな》実のみ。
おちぼひろひ、――
とみかうみ
かつ涙ぐむ。

今日もはた
南へ、海を、
夢の鳥
かへりぬ、ひとつ。
おちぼひろひ、――
うらびれて
わが世は寂びぬ。

初冬の
日はわびしげに、
われとわが
世を傷《いた》ぶかに。

おちぼひろひ、——
見入りては
また涙ぐむ。

蠹

初夏は酒甕の如、
泡だちて日は醸《かも》されぬ。
青みどり小野の木立は、
酔ひしれてまどろむここち。

うらわかき苑《その》の無花果、
驕楽の時のすさびに、
かなしびは胸にはらみて、
無祥児《さがなご》の蠹《のむし》を産みぬ。

じじと日は油照りして、
沈澱《をど》むのみ。野は気おされて
悩む間も、あなきしきしと
木食虫　樹の髄を食《は》む。

無花果の樹はかなしげに、
をとめさび、——思ひくづほれ、
葉広なる掌面《たなひら》もたげ、
なに知らず　乞ひ祈《の》むけはひ。

諾否《なやうや》の空照りおもり、
唖蟬《おしぜみ》は気づかはしげに
立ちすくむ日を、きしきしと
木食虫　樹の髄を食む。

無花果の樹はくるしげに、
木膚には　食《は》まれの簸屑《ひくづ》

膿《うな》沸きぬ。将《は》たたゆたひぬ、
わび歌の音ぞ青じろに。

ふと人の足音とまり、
つぶやきて　また往き過ぎぬ。
午さがり、——きしきしとのみ、
木食虫　樹の髄を食《は》む。

無花果の葉は泣きしをれ、
青からび実は萎え落ちぬ。
蔕《ほぞ》あとに生命は白み
しとしとと雫ぞ釃《した》む。

木はなべて夢ざめぬ。日は
夕なり。あな無花果は、
こしかたの世を痛《いた》ぶかに、
見入りては黙《もだ》しぬ。やがて——

ももとせを刹那に醸《か》みて、
占飲《しめのみ》に酔ふかのさまに、
聞き笑みぬ、夜をきしきしと
木食虫　樹の髄食むを。

臨終

夜は更けぬ、灯《ともし》は青に涙ぐむ。──
病人《やまうど》ひとり──
火影《ほかげ》はあをち消えゆきぬ。
　あくだり闇、
火屑《ほそくづ》のなげきも弱に──空室《うつむろ》に
妖《えう》の夜しづむ。

盲目《めしひ》なる『闇』はしのびにうかがひぬ。

病人ひとり――

熱れしめらふ枕がみ、
まじの裳垂れぬ。
まどろみつ、はた魘《うな》されつ。――憑体《よりがら》の
ほほけしここち。

花瓶《はながめ》の陶《すゑ》の白磁《しろで》の瞟眼《ひがめ》して、
見悩《みやま》ふさまや、
たゆげに闇に息づきて、
ああ今もかも
罌粟の夢くづれぬ。――落ちて仄白に
香にこそにほへ。

『静寂《じやうじやく》』のつぶやきか。あな、花びらの
かすけきひびき、
つと仄めきぬ、はた消えぬ。
『熟睡《うまい》』を隔《なか》に、

常《とこ》つ世にかよりかくよりあくがるる
　わが世なりきな。
ほの見つる彼方よ、物のくらきかな。
　病人の身は――
さあれ気ぶかき『静寂』の、――
　罌粟はこぼれぬ、――
玉ゆらの吐息にしみし移り香《が》は、
　えこそ忘れね。

花ははたこぼれじ。――かくて『永劫《えうごふ》』は
　黙しぬ、われに。
危篤《あつ》ゆる今の束の間を
　あな息ぐるし、
魂のさやに脈搏つすぐよかさ、
　わが世贏《か》ちにき。

海賊の歌

八月の日ぞ照りしらむ
葉びろ柏の繁みより女《をみな》の如き目ざしして、
かいまみ笑める青き空。――ああ、その青よ、ふるさとの
おほ海《わだ》つみの浪の色。
今ぞ別れむ、恋人よ。汝《な》が盃は甘かりき、
さあれ、わが世の踴躍《ゆやく》をば今日こそ見つれ、わが魂《たま》は
喘《あへ》ぎぬ、浪に。手なとりそ。ああ、幻よ、
八百潮《やほじほ》の、日にまた夜はに胸さわぎ
満ち張る――海へ、いざ帰らまし。

君は薔薇《うばら》の花白き片山かげの紅顔《あから》少女、
われは檳榔《びらう》の影ひたる南の海の船の長《をさ》、
双《もろ》の腕《かひな》をとりかはし昨日か恋ひし。今日ははた
別れとなりぬ。夏初め、宵の月夜の逢曳に、

やがてさこそと歎きしか。
さもあらばあれ、われはまた夏野の鳥の日もすがら
木かげの花に脣《くち》ふるる色好みにはえも堪へじ。
ああ、また高き日ざかりの波の穂光り、潮合《しほあひ》の
遠鳴る——海へ、いざ帰らまし。

束の間なりき。わが恋はげに夏の夜の夢なりき。
かへる彼方のわだつみの営みいかに繁くとも、
忍びかいでむ、君が名は。
ああ、『追懐《おもひで》』よ、来し方のながき砂路に残るらむ
あえかの花のひと茎は、唯君のみの名なるべし。
それはた小野の朝じめり、薔薇の香ふ途ならず、
汐ざゐどよむ海境《うなざか》を海豚《いるか》の列の見えがくる
大わだつみの彼方にて。ああ、空みたれ、船の帆の
はためく——海へ、いざ帰らまし。

知らじや、われはわだつみの船盗人《ふなぬすびと》の一《いち》の者、

船がかりする商人《あきうど》の珍《うづ》の宝を奪りはすれ、
女の胸にひむるてふ秘密の摩尼《まに》は盗まじよ。
ああ、後の日も忘れずの肌のなまめき、目のうるみ……
いな、わが恋は遠海の白藻《しらも》の香ひ、浪の揺れ、
汐の八百路を漕ぎわくる櫂のきしめき。
くちびるの火のあまきかな。――かくて、われ
また緑野の花は見じ。――ああ、海神《わだつみ》のたか笑ひ
どよむか――海へ、いざ帰らまし。

つむじ風

午過ぎぬ。日はわびしげに
四辻の巷《ちまた》にうるみ、
都路はもの疲れして
たゆげにも微睡《まどろ》むここち。
ゆくさ来《く》さ、男女《をとこをんな》は

夢の野にすずろ往くかに
足ぶみの音もしめりて、
商人《あきうど》は亡き人の名を
想ひいで、はたなつかしみ、
俳優《わざをぎ》は見ぬ代の様に
酔ひほれて見とるるここち、
物売はしづかに噤《つぐ》み、
乞食女《かたゐめ》も忍びにあゆむ
午さがり。——日はわりなくも
静心知らず乱れて
つむじ風ふと思ひたち、
そそめきてかしま立ちしぬ。
乾《ひ》かわきし地は胸さわぎ
けばだちぬ。白楊《やなぎ》の落葉
そそくさと先走りしぬ。
土ぼこり、垢膩《くに》はそそけて
螺形《にしがた》にすぢりぬ、舞ひぬ。

故知らず、はた何知らぬ
時めきの、さとこそ渦《うづ》に
くるめきて爪立あがれ、
稈心《みご》の唄、葉のしら笑ひ。
ゆきかひの人あたふたと
物音のさわがしきかな。
俳優は走りぬ、——白き
蹠《あなうら》のなまめき。——たたと
ふためくや販《ひさ》ぎ女《め》ふたり。
ふと夢に物おびえして
喘ぐかに経師《きやうじ》が家の
招牌《ふだ》もこそ歎きぬ。——ひとり
さりげなき面持、つつと
往きすぐる若き唄ひ女、
あと叫び、つとこそとまれ、
ふくら脛《はぎ》肌しも断れ、
踝《くるぶし》はにじみぬ、朱《あけ》に。

見ず知らぬ人の誰彼、
はしり寄るひとりは言ひぬ、
「かま鼬妖《いたちえう》の使ひ女、
盗食《ぬすば》みに生肌《いきはだ》をこそ
嚙みつれ」と。はた呟やけり、
「肌じろの踝なれば、
淫《みだら》なる魔の係蹄《わな》にしも
落ちけめ」と。あな唄ひ女は、
血酔《ちあひ》して顔青ざめぬ。
われならぬ不可思議の世に
見おどろき、さては見入りて、
柔肌《やははだ》のしろき心に、
蝮《くちなは》のもの執念《しふね》さは、
この日より萌しぬ。風は
そそくさと横走りして、
末広に街《ちまた》を西へ。——
落葉のみ、呪《じゆ》の古経《ふるぎやう》の

文字の如、残りぬ繁《しじ》に。

膃肭臍売

「これはもと択捉島《えとろふじま》の荒海《あるみ》に」と
御国なまりの言葉濁《だみ》「追ひとりまきし
膃肭臍《おっとせい》、海なるぬし。」と瘠《やさ》がみし
毛むくぢやらなる嬌笑《ほくそゑみ》つとこそよよめ。

七月の日は照り澱《をど》む路辻の
砂ぼこりする露店《ほしみせ》に「なう皆の衆、
北海の膃肭《おっと》は、実《げ》に」と汗ばみし
たゆげの喘《あへ》ぎ「生薬《いくすり》、一のやしなひ。」
路の辺の柳の葉なみ萎びれて、
歎かひしづむ蔭日向《かげひなた》、――ああ海の主《ぬし》、

膩肉《あぶらみ》の膂肉《そじし》は厭に灰じろみ、
黒血のにじみ垢づきて、かつ膿《うな》沸《わ》きぬ。
「これなるは流産《ちあれ》の止《と》め。」と喉の小舌《ひこ》
ひきつるけはひ、咳《しはぶ》きて「あれなるは、また
おとろふる腎臓《むらと》の薬、乾肉《ほしじし》の
たけり。」と言ひて、北海のまぼろし夢む。

剔《ほ》りくじるまだ見ぬ海の霊獣《くしけもの》、
小さ刀の刃にぬるる妖のしたたり。
麟《きりじし》の生干《なまび》の色のなまぐさに、
ふとしも聞きぬ、鹹《しほ》ゆき潮ざゐの音《ね》を。

つぶやきて人はも去りぬ。つむじ風
つとこそ躍れ。ほほけ立つ埃まみれに
膩肉《あぶらみ》の熱《ほと》ぼる腫《むく》み、――しかすがに
心はまどふ、仄ぐらき不安の怯《おび》え。

日ぞ正午《まひる》。油照する日のしづく
食滞《もた》るる底に、肉《しし》の蒸《む》れ餒《す》えゆく匂ひ、——
ひだるさに何とは知らず脂《やに》くさき
吹呿《おくび》のまぎれ、辻売はつぶやくけはひ。

大国主命と葉巻

春ももう暖になつて来た。

かうした時候になると、私は夕方からぶらりと宅を出て、小高い岡からしづかに暮れてゆく郊外の春を眺めて、淡い哀しみに浸るのが何よりも好きだ。今日もいつものやうに日の暮れ方から売布《めふ》のあたりをぶらついた。売布といふのは阪急電車の宝塚終点に近い部落で、そこにある売布神社は、なんでも大国主命が神代のむかし、往来の人に布を売つてゐた跡だとかいふ事だ。

そこらの雑木林は、皆忙しさうに薄緑の芽を吹き出してゐた。私は羚羊《かもしか》のやうに、その撓やかな枝を頭で分けながら、細い芝が一面に伸びかかつた丘の上へ出て来た。つい足もとには鏡のやうに澄みきつた小さな池が一つあつた。いつも屈托があるか、考へ事があるかすると、この丘へ出掛けて来る習慣になつてゐる私は、そこへ落ちつくが早いか、昵懇の家へでも来たやうに、草の上へ腰をおろして両足を前へ投げ出した。しづかに暮れてゆく空には、雲雀が一つ居残つて何かしきりとべちやくつてゐた。私は袂から葉巻を一本取り出して火を点けた。烟は紫に透けて四辺に散らばつた。平素種々な花から蜜を集めて暮す蜜蜂のやうに、濁つた世間の『事実』から、美しい『夢』ばかり吸ひ取つて、それを味はつて生きて来た私は、日の暮方のしつとりした空気に、ふつと消えてゆく葉巻の烟にも、いろんな夢を見つめる事が出来た。

何処かで木の葉の鳴るやうな音がした。日がな一日いたづらを仕飽いた野兎が、こつそり巣に帰つてゆくのだらうと、何気なく背後を振りかへつてみると、そこには老人が一人突立つてゐた。ここいらでは滅多に見かけない風体で、垢染んだ麻の著衣に、立つけのやうな袴を穿いて、頭には黄いろい頭布のやうなものを、ちよこなんと載せてゐた。

「今晩は。」

爺さんは下膨れのした、人のよささうな顔をにこにこさせてゐる。

「今晩は。」

私はかう言つて、ぱつと葉巻の灰を落した。灰は霧のやうに芝草の上に散らばつた。暮れてゆく池のほとりには、いつ飛んで来たものか、白鷺が一つ水腐れのした杭につかまつて、厭に取澄ました顔で謎のやうな哲学か何かを考へてゐるらしかつた。

爺さんは、旧い顔馴染かなんぞのやうに、私と肩をすれすれに並べて、同じやうに足を前へ放り出した。

「何をしとるかの、遊んどるのかい。」

「遊んではゐないさ。」

私は見向きもしなかつた。

「ぢや、何をして居るのぢや。」

「うるさいな。」私は顔をしかめた。「考へてゐるのさ。」

爺さんは人前では言はれない、淫らな事でも聞かされたやうに、横を向いてそつと深い溜息をついた。

「みんなそんな事を言ふのぢや。俺らが若い頃には、考へ事なぞはからきししなかつたもんぢやが、今の若い輩は閑さへあれば考へ事をしようとする。」

私はちよつかいを出された蟷螂のやうに、心もち首を捩ぢ向けて爺さんの方を見た。

「ぢや、さういふ口の下で何をしてるんだね、お前さんは……」

「俺かい、俺はお前、今も昔も同じ事をしとるばかりぢや。」

「なんだい、同じ事つて。」

私は葉巻の烟をすうつと相手の横顔に吹きつけた。爺さんは烟つぽい顔をした。

「判つとるぢやないか、布を売り歩いとるんぢや。」

「ふーん、布をね。」

私は蔑むやうな眼つきで相手の姿を見直した。なる程爺さんは麻の古風呂敷にくるんだ小さな包を、肩から腋にかけて背負つてゐる。

「ぢや、木綿屋さんだね。」

「まあまあ、そんなものぢや。」

「売れるかい。」

「ところが、なかなか売れさうにないのぢや、尤も品はあとに唯一つしか残つてはをらんがの。」

「ぢや、売れ残りなんだね。せいぜい安く負けとくさ。」

私がかう言つて、意地悪くいつまでも葉巻の烟を吹きつけるのを、爺さんは狸のやうに鼻をくんくん言はせて、じつと辛抱してゐた。

「安く負けられるやうぢやつたら、こんなに長くまでかかつて、得意廻りはせんでもよかつたのぢや。」

「長くだつて。お前そんなに長くかかつてゐるのかい。」

「さうぢや、もうかれこれ三千年にもなるかの。」

「は、は、は……何を言ふのだ。」と私は覚えず吹き出さうとしたが、ふと爺さんの生真面目な顔をみると、どうしても笑ひ続ける気にはなれなかつた。で、じろじろ相手の顔を覗き込むやうにして、人差指で自分の額をさしてみせた。「お前、ここが悪かないのかい。」

爺さんは首をふつた。

「頭かい、頭ならしつかりしたもんぢやが、もう足がふらついての、何しろ永い間方々歩きまはつたもんぢやから。」

爺さんはかう言つて、じつと空を見つめた。しなやかな雑木も、野も、岡も、灰色のやはらかい靄に包まれて睡さうに身動きもしなかつた。どこかに明りが見えて、また消えた。

私は謎の解けるのを待ちかねるやうに訊いた。

「一体誰なんだい、お前は。」

「一体誰だと思つてるのだい、お前は。」

爺さんは鸚鵡がへしに言つた。

私は胡散さうに相手の顔を見たが、暗くなつてゐるのでよく見えなかつた。

「さあ、私に訊くよりも、医者にでも訊いた方が、よかなからうかな。」

「医者に訊くよりも、やはり俺に訊いた方がよいのぢや——俺は大国主命ぢや。」

「ははは……」と私は堪らぬやうに笑ひ出した。その拍子に啣へてゐた葉巻の烟が咽喉に入つて、しばらくは苦しさうに噎せかへつたが、相手のまじめくさつた調子を見ると、私は思ひがけないものを見せつけられたやうに、そのままじつと口を噤んで、きまり悪さと不気味さとの混雑《ごつちや》になつたやうな顔をした。私はさつき明るいうちに見た爺さんの目鼻立に、物の本でよく見た大国主命にそつくりな点を見だしたのだ。私は叫ぶやうに言つた。「ほんとに貴方は……」

「さうぢや、――大国主ぢや。」

と、爺さんは気もない顔で、掌で皺くちやな頬ぺたを撫でまはしてゐる。

池の面は青い調子に暮れかかつた。先刻から水際に喙ついてゐた白鷺は、何か小魚でも咥へ込んだものと見えて、もぞもぞ身体を動かしてゐたが、すぐまたほんの一寸でもそんなさまをしてゐたのでは、学者の格式に関はるとでも思つたらしく、またものやうに取澄ました風で、じつと此方に向き直つたのがぼんやりと浮いて見えた。

私は投げ出した足を引込めて、そろそろ居ずまひを直しにかかつた。私の頭は子供のやうな物好きで一杯になつてゐた。

「それだのに、なんだつて貴方はそんな商ひまでなさらなければならないんです。他の神様は皆お社に納まりかへつて居られようといふ時分に……」

「俺だつて寄る齢ぢや、いつまでもこんな事をしてゐたくもないが、何しろ今言つたやうに売れ残りがあるもんだでの。」

爺さんは一寸肩の荷を揺すぶつてみせた。

「売れ残りだつて、高が一枚か二枚なんでせう、そんなものは火に燻べて焼き捨てたつて構はなささうなもんですな。」

「焼き捨てる……」と爺さんは私の乱暴な言草を腹に据ゑかねるといふよりも、どつちかといへば不思議がるといつたやうな調子で、「焼かうにも、焼けないんぢや仕方がない……」

「焼けないんですつて、ほんたうですかい、それは。」

私の眼には驚きと疑ひとが火のやうに燃えた。

「嘘つきは、むかしから大嫌ひな俺ぢや。」

「ぢや、いただきませう、私が……」私は感情の昂ぶつて来るのを、強ひて嚙みこらへて、顳顬《こめかみ》のあたりをぴくぴくさせながら言つた。「金だつたら私幾らでもお払ひしませうから。」

「いつ俺が売代の金が欲しいと言つたかの。」

爺さんは蔑むやうに言つた。

「それぢや、お金の代りにどんなものでお払ひしませうかね。」

「どんなものが払へるかの。」

「指環をさしあげませう。」私は左手の薬指から翡翠の指環をぬいて掌へ載せた。「彫から仕上げまで、すつかり私の手でやつてみました。」

「ほう、器用な性《たち》と見えるの。」爺さんは見向きもしなかつた。「そんなものは、俺よりもつと恰好な貰ひ手がありさうなもんぢやて。」

「それぢや、この書物だつたら……」と私は懐中から小形な書物を引張り出した。「これだつたら如何でせう、私が拵へた歌の本なんですが……」

「歌かい。歌と酒とは、俺もまんざら嫌ひな方でもないが。」と爺さんは気がなささうに言つた。「しかし、近頃のものは、歌も酒もとんと水つぽくての。」

「仕方がない、霊魂《たましひ》でもさし上げませう、霊魂でも……」

私は喫みさしの葉巻をぱつと投げ捨てた。そして賭博に負けた輩が有りつたけの持合せをさらけ出す時にするやうに、いきなり立上つて、霊魂を振り落しでもするらしく一寸身震ひをした。

あたりはすつかり暗くなつた。空には可愛らしい星が、小供のやうにぱつちり眼をあけたり、すぼめたりしてゐた。

「ははは……」爺さんはをかしさうに笑ひ出した。「お前が持つてゐてさへ、何一つ利益《ため》にならなかつた無益《やくざ》な霊魂ぢや、そんなものが何になるのぢや。」と、てんで取引にもならぬ見切物のやうに言ひ貶してしまつたが、それでも私の取逆上せた欲しがりやうが、まんざら気にならぬでもないらしく「ぢやが、お前も妙な男ぢやの、なんだつてそんなにまでして手に入れたいのぢや、こんな物が。」

私はいくらか自暴《やけ》気味に「さつき申されたぢやありませんか。火にも焼けないのだつて。」

爺さんは、足もとでぷすぷす燻つてゐる葉巻の喫みさしを、じつと見つめながら、

「火には焼けないさ。……ぢやが、お前まさかこれを著て、悪魔の御機嫌取りに、地獄のなかから人殺しの霊魂でもつまみ出さうといふのぢやあるまいの。」

「違ひます。」と私はむつとした気持できつぱり言ひ放つた。「女の肚《はら》に入つてみたいのでさそれを著てね。今日まで幾度かやりかけてはみたんだが、いつも手を焼いてばかしゐるもんだから。」

あたりが明るくなつたので、後をふりかへると、雑木の上にふわふわした月が出てゐた。近い森で梟の鳴くのが聞えた。

「女の肚へ。」

爺さんはかう言つて、急に気がついたやうに私の方を見た。月明りをうけた顔にぼやけたやうな灰色の眼が動いてゐた。

「俺はそれが聞きたかつたのぢや、誰かの口からそれが聞きたいばつかりに、かうして永年の間買手を捜し歩いてゐたのぢや。」

と、独言のやうに言つて、そろそろ背の包を解いて私の前に拡げた。私は月明りにのぞいてみた。立派な練絹に、霊獣の血で描いたかと思はれるやうな美しい草花が、幾つか磨り込んであつた。爺さんはその花の一つに眼を落しながら、

「さ、たつた今お前にこれを呉れてやるのぢや。俺も以前これを著て須勢理比売《すせりひめ》の胸に入つた事があつたつけが……」

私は嬉しさに取逆上せてゐた。両手を著物の裾にかけて、幾度か押し戴くやうな真似をしながら、

「お礼は申しきれません。だが、こんな立派なものを貰ひつぱなしにしましては……」

「気が済まないと言ふのかい。」と爺さんはそろそろ立ち上りかけた。「たつて気が済まないといふのなら、その葉巻とやらでも一本貰はうかの。」

「さあさあ、お安い事で。」と私は袂から二三本とり出した。「だが、葉巻とは妙な御用ですな。」

爺さんは鼻の上に小皺を寄せた。

「どんなもんか、ちよつくらふかしてみたくなつたのぢや。」

と、私に火を点けさせて、口元を妙に窄めてすぱすぱふかし出した。

「どんな気持がしますね。」

私は著物に気をとられながら、愛想ぶりにこんな事を言つた。

「うむ。」と爺さんは葉巻の烟を噛みしめてみるやうに、一寸小首を傾げたが、「お前もまあ、達者で暮すがいい。」と低声で言つたきり、何処をあてともなくのそのそ歩き出した。

先刻から水の中に突立つたまま、二人の一部始終を立聴きしてゐた白鷺は、自分の哲学ではとても解釈《のみこみ》のつかない程のえらい物でも見せつけられたやうに、羽を拡げてすうつと起ちあがつたかと思ふと、そのまま月明りに溶け込んでしまつた。

森林太郎氏

森林太郎氏が亡くなつた。若いものづくめな今の文壇に、年輩からいつても、閲歴からいつても、また学識からいつても、押しも押されもせぬ老大家であつたのに、惜しい事をしたものだ。

私はたつた一度しか氏に会つたことがなかつた。その一度きりの面会のことを、今思ひ出すままにここに書きつけてみよう。――たしか明治三十九年の五月頃だつたと思ふ。私が久しぶりに東京に出て、友人の蒲原有明氏と岩野泡鳴氏とに会ふと、何かの話のついでから岩野氏が、

「どうだい、三人で一緒に森さんを訪ねてみようぢやないか。」

と言ひ出した。蒲原氏も私もそれは面白からうと同意すると、きさくな岩野氏はすぐ立上つて電話をかけに行つた。そして暫くすると「上首尾、上首尾、……」と大きな声で喚きながら帰つて来た。

「上首尾だつたよ、丁度森さんも自宅に居合せてね、三人が一緒にお訪ねしたいとい
ふと、自分の方でも会ひたいから、明日の午前中に来てくれと言つたよ。」

私達は翌日を約束して別れた。

その日は朝から雨がどしや降りに降り続けて居た。どこで落ち合つたか、はつきり今は記憶しないが、私達が千駄木林町を通る時分には、雨は一だんと降りしきつて、著物の裾はしぶきでびしよ濡れになつてゐた。

「こりやかなはない。尻つ端折りをするんだね、かうやつて。」

その頃象徴派の詩人として売り出した蒲原氏は、いきなり裾をまくつて尻を端折つた。岩野氏も裾をからげた。私もあとからその真似をしたが、東京中の人間が、むき出しに出した私の脛をのぞきこむやうな気がして、なんだか変だつた。

町には人通りは少かつた。団子坂が近くなると、岩野氏はちよつと立ちどまつた。雨はどしや降りに降りしきつてゐる。この刹那派の詩人は、いつもの陽気な声を一だんと張り上げて、どなるやうに言つた。

「おい、森さんに会つても、先生と呼ぶのだけは止さうぢやないか。老人はすぐ先生顔をするもんだから。」

「先生はいかん。あなたでいいや。」

蒲原氏はきりぎりすのやうな細つこい足を、寒さうに雨に慄はしながら言つた。

「さうだ、先生よか、あなたの方が、いくらいいか知れない。」

私もさう言つて、ばつを合せた。実をいふと、自分は今日までどんな先輩をも滅多に先生とは呼ばなかつたので、この方がいくら勝手だつたか知れなかつた。

三人は間もなく森氏の宅に著いた。そして玄関で案内を乞ひながら、そろそろ尻をおろした。

通されたのは見晴しのいい二階座敷で、若楓の美しい枝が風に揺られて、時をり欄干越しに雨しづくを縁側に飛ばしてゐた。私達は濡れた裾のまま、無遠慮にすすめられた座蒲団の上に坐つた。座敷の片隅には、帙入りの大蔵経がきちんと積み上げられ、その横にまだ目を通さないらしい洋書が幾冊か並べてあつた。思ひなしか、軍人出の文学者だけに、部屋のすべてが几帳面で、大蔵経の塁壁の中から、脊革金文字の洋書が、お客を目当に狙ひ撃ちをしてゐるらしく見えた。

暫くすると、とんとんと階段を踏む足音がして、主人の森さんが「やあ……」と言ひながらはひつて来た。見ると、頭はつるつるに禿げ上つてゐるが、顔つきは案外若く、利かぬ気が眼から鼻のあたりにかけて尖つて見えた。口にはかなり上等らしい葉巻を咥へてゐた。

話は主に詩歌から西洋文学のうへにとりかはされた。誰だつたか、その頃森氏が出版した『歌日記』のことを言ひ出すと、氏は慌てて口から葉巻を離した。

「あれは君達に見せるもんぢやない。名前通り全く僕一人の日記だよ。」

その頃から乱暴者だつた岩野氏は、その当時何かの雑誌に出てゐた森氏のハウプトマンの『沈鐘』の一節の飜訳を引合ひに出して、

「あの訳はあれでいいのですか。」

と訊いたものだ。森氏の眉は微かに動いた。

「僕はいいと思ふがね。どこか間違つた所があるかね。」

「少し意味のはき違へがあるやうです。」

度胸のいい岩野氏は平気で答へた。

「君は原文と照らし合はした上で言つてるのかね。」

森氏の口からは、紫の煙がぱつと吐き出された。

「いや、独逸語は僕不得手ですから、英訳と比べてみたんです。」

泡鳴氏は正直に言つてのけた。主人は腹を抱へて笑つた。

「なんだ、英訳とかい、それぢや、君の言ふこともあまり当にならない。」

蒲原氏も私も声を立てて笑つた。何事にも肚にわだかまりのない岩野氏も一緒に笑つた。

さうかうするうちに、女中の手でお膳が運び出された。そのお膳を見て私達は一寸おどろいた。それは客達三人の前にならべられた膳は、いづれも中脚の唯の塗膳に過

ぎなかつたが主人の森氏の前に据ゑられたのは、氏がふだんに使ひ馴れたものかは知らないが、高脚の膳も、椀も、金蒔絵の定紋のついた、よく浅田飴の辻広告で見る鶴千代君のお膳そつくりの気取つたものだつた。

「Parnassian といふものは、三度三度あんなお膳で、物を食べなくちやならないものかしら。」

私は肚のなかでかう思つた。

森氏は飯をたべながら、いろんな話をした。

鶴千代君のそれと同じな、金蒔絵の汁椀の中から汁をすすりながら、いろんな話をして面白さうに笑つた。その笑ひ声のどこかに、サーベルをがちやがちやいはせさうな、元気な軍人らしいところが交つて、私達は自分と同じ年輩の人と話をしてゐるやうな気持になつた。

食事が済んだころ、とんとんと階段を踏む小さな足音がして、美しい娘さんがそつと入つて来た。そして、何も言はないで、転げるやうに主人の膝にもたれかかつた。森氏は片手にその頭を撫で廻しながら、

「茉莉さんか。こいつがかはいい奴でな……」

と、眼を細めながら笑つた。その顔には子煩悩なお父さんらしいところが、ありありと見えて、文字通りに文壇の老大家であつた。

しばらくして茉莉さんが姿を隠すと、森氏は急にまたお父さんから私達の仲間にかへつて来た。そして葉巻の煙を吐きながらこんな話をした。

「君達もいろんなことを詩に詠むやうだが、僕がこなひだ読んだある独逸の詩人のものにこんなのがあつたけ。ある男がアルペンの山路を登つてゆくと、坂の上から婦人が一人下りて来る。すると谷間の風が急に吹き上げて来て、その婦人の著物の裾をまくつたといふのだ。詩はただそれきりだよ。」

森氏はかう言つて声高く笑つた。その声には、どこかに馬の上で笑ふやうな軍人式なところがあつた。

お姫様の御本復

むかしむかし、山寺に一人の坊さんが住んでゐました。御本尊は阿弥陀如来様で、坊さんは長いこと神妙にお勤めを致して来ましたが、信者から納まるお賽銭や喜捨金だけでは、とても本堂の普請や、庫裡の修繕は出来さうにもないので、坊さんはたうとう腹を立ててしまひました。で、ある日のこと、木槌でいやといふほど仏様のお頭《つむり》をたたきつけました。そして、

「この碌でなしの阿弥陀めが。お蔭で寺の屋根は漏り通し、乃公は腹が減り通しだ。もうもう今日限り寺は出て行くから、後はお前の勝手にするがいい。」

と言ひ捨てて、旅に出ました。

坊さんは寺を出て、ものの一二町も来ると、見知らぬ一人の爺に出合ひました。

「和尚様でござりまするか。」とその爺は言ひました。「どちらへお出掛けでございますな。」

「ちよつくら旅に出掛けようと思つての。」

と、坊さんは答へました。

「そいぢや、私めにお伴させて戴きますべい。」

見ると正直さうな善い老人なので、坊さんは喜んで道づれにする事を承知しました。で、途々色々の世間話をしながら、ものの二三里も歩いて来ますと、二人はかなり草臥れたので涼しい木陰に入つて休みました。

さて食事をしようといふ事になると、坊さんは饅頭を二つ、爺は欠餅《かきもち》を二片持合せてゐるのが判りました。坊さんは爺に言ひました。

「初めにお前の持つて来た欠餅からかたづけよう。そして後で私のお饅頭を一つづつ分ける事にしよう。」

「ようがすとも。」と爺は言ひました。「和尚様の言はつしやる通り、私らが欠餅を食つてしまつてから、お饅頭を戴くことにしますべい。」

で、二人は爺の持つて来た欠餅を食べ始めました。むしやむしやむしややつてゐるうち、すぐにお腹は充《くち》くなりましたが、不思議な事に欠餅は一向減つたやうに思はれません。

それを見ると、坊さんは欠餅を自分のものにしてみたくなつて、「不思議なほど徳用の欠餅だ。こつそり盗つておいてやらうかしら。」と肚の中で思ふやうになりました。

午飯が済むと、爺は一寐入りするために、ごろりと草の上に横になりました。坊さんはどうして餅を盗んだものかと、きよろきよろしてゐましたが、暫くすると爺がすやすや寐入つてしまつたので、相手の懐中から欠餅を盗み出し、音のせぬやうにまた食べ出しました。

程経て、爺はむつくり眼を覚して起き上りました。そして欠餅を捜しましたが、どこにも見当りませんでした。

「何処へいつちまつたらうな、あの欠餅は。誰だか食つちやつたかしら。和尚様お前様は知らつしやりましねえかい。」

「知らないよ、私は。」

と、坊さんは答へました。

「ま、ま、よかつぺい。どうなつたつて構はねえだ。」

二人は起き上つて、また旅を続けました。広い野原を横切り、嶮しい山を越して途を急いでゐますと、広い街道へ出ました。街道を真直ぐに行きますと、とあるお大名の城下に著きました。

城下にはあちこちに人が集まつて、心配さうに何かひそひそ話をしてゐました。理由を訊きますと、殿様のお姫様が先日中《こなひだぢゆう》御重病で、御領内の医者は皆匙を投げてしまつた。で、今度いよいよお布令が出て、お姫様の御病気を治す者があつたら、褒美として御領地の半分までも分けて下さる。その代り万一癒らなかつたら、首を打つて梟《さら》し物にするといふのださうで、皆はその噂をしてゐる最中なのでした。

二人はお城のなかに参りました。そして御近侍の衆を通して、殿様にお目通りを願ひ出ました。御近侍の衆は不思議さうに二人の顔を見比べてゐましたが、

「お手前達は何国の生れでござる。して何用あつて御城下へござつたな。」

と、しかつめらしく訊きました。

「私どもは医者でございます。」と二人は返事をしました。「お姫様の御容体を伺ひたいと存じまして。」

「ほ、医者と言はるるか、では早速お通り下さい。」

そこで二人の旅人は、奥座敷に案内せられて、そこに臥つてゐられるお姫様を診察いたしました。御近侍は心配さうに訊きました。

「いかがでござりませうな、御本復遊ばしませうかな。」

「いや、屹度御本復おさせ申して御覧に入れます。就いては特別のお取計ひで、一室治療室を御用意下すつて、そこに水盥と、磨ぎすました剣と、今一つ大きな卓子との御支度をお願ひ致したいのでございますが。」

「お安い御用で。」

と近侍の衆は、言はるるままにその支度を調へてくれました。二人の旅人はその一室を閉てきり、卓子にお姫様を縛りつけて、磨ぎすました剣で片々にお身体を切りまし

た。そして水盥のなかでそれをよく洗ひ浄めると、片々を以前のやうにちやんと継ぎ合せて、一つの身体に纏め上げ、最後にそれに息を吹き込みました。すると、お姫様のお身体がむくむくと動いたかと思ふと、ぱつちり眼を開いて、につこりお笑ひになりました。その由を聞いて殿様はつかつかと一室に入つて来られました。

「や、姫が快くなつたといふが、ほんたうかい。」

「はい。」と医者は答へました。「お姫様はそこにおいで遊ばします。」

お姫様は殿様のお顔を御覧になると、懐しさうに走り寄つて胸にお縋りになりました。殿様は大喜びで大層医者をお賞め立てになりました。

「さ、褒美には何を取らせうの、黄金か、それとも白銀か。欲しいと思ふものを遠慮なく言つてみるがいい。」

と言つて、近侍の衆に黄金と白銀とをどつさりお持たせになりました。折角のお志だからと言つて、爺はその中から拇指と二本の指とでつままれるだけを貰ひましたが、坊さんは両手の掌に一杯摑み取つて、合切嚢に押し込みました。余り沢山なので、提げてみると、なかなか持重りがしました。

二人はそこをお暇して、また旅に上りました。そして幾日かすると、また立派なお大名の城下に著きました。ところが、そこでもお姫様が先日から重病で生死の境に居られるといふ事で、殿様は大層お嘆きになり、誰でもいい、お姫様の御病気を癒すものには、御領地を半分わけて遣はす、その代り仕損じたら死刑にするといふお布令が出てゐるところでした。

それを聞くと、坊さんは善くない考へを起しました。それは爺に相談なしに、お姫様を癒して、自分ひとりでたんまりお礼の金銀を貰ひ請けようといふ慾ばりのもくろみでした。そこで坊さんは素晴しく立派な袈裟を著け、この前やつたやうに医者といふ触込みでお城に乗込みました。

で、以前と同じやうにお誂への治療室にお姫様を担ぎ込み、しかと卓子に縛りつけて置いて、そろそろ磨ぎすました剣を取り上げました。お姫様はそれを見ると、唯もう怖しさに声を揚げて泣き出し、どうかして遁げ出したいものだと、のたうち廻つて身を踠きましたが、坊さんはそれに頓著なく、無理強ひに押へつけて、羊の肉でも料理するやうに、片々に切つてしまひました。そしてそれを水盥に投げ込んで、綺麗に洗ひ浄め、以前爺がしたやうに、もともと通りにやつと継ぎ合はしました。で、最後の息を吹き込む段になつて、いくらやつてみてもお姫様は一向息を吹き返さうと致しません。一生懸命に頰を膨らませ、真赤な顔をして息を吹きかけてみましたが、それも駄目でした。坊さんは泡喰つて肉の片々をもとのやうに水に返して、また洗ひ直した上、へどもどしながらそれを一緒に継ぎ合はせて、強く息を吹き込んでみましたが、やつぱり無駄でした。

「困つた事になつた。どうしたものかしら。」と、坊さんは自分のした事を考へると、全く悲しくなりました。朝になると、殿様はつかつかと治療室にお出ましになり、一目見るなり一部始終をお悟りになりました。殿様は蕃茄子《とまと》のやうな真赤な顔を遊ばし、お怒りの声荒く「不届な藪医者めが、此奴をしばり首にかけろ。」とお言ひつけになりました。

「ま、ま、お待ち下さいませ。」と、坊さんは飛蝗《ばつた》のやうにお辞儀をしました。「ほんのしばらくお待ち下さいませ、私めは御覧の通りしくじりましたが、私の連のものは、それはそれは堪能な医者でございますによつて、今一度この者に診させて戴きます間御容赦下さいますやうに。」

坊さんはかう願つて置いて、爺を捜しに表へ出ました。爺は壁に凭れてこくりこくり居睡りをしてゐました。

「や、爺さんだつたか、私はほんとに済まない事をした。すつかり悪魔に魅入られてゐたんだ。私は自分の力でお姫様を癒してみたいと思つて、お前さんの真似事をやつてみたが、たうとうしくじつちまつたよ。で、いよいよしばり首といふ事になつたのだが、後生だから助けてお呉れ。」

人の善い爺は坊さんと一緒に奥に入つて来ました。刑吏はすぐに坊さんの首に索を掛けました。爺はそれを見て訊きました。

「もし和尚様、私の欠餅を食つたのは誰でがせうな。」

「私は食べやしないよ、それだけは誓つてもいい、全く食べやしないんだから。」と、坊さんは索の掛つた首をふりました。刑吏は坊さんを絞首台の二段目まで引きずり上げました。爺はまた訊きました。

「和尚様、私の欠餅を食つたのは誰でがせうな。」

「私は食べやしないよ、それだけは誓つてもいい、全く食べやしないんだから。」

刑吏は三段目まで坊さんを引き上げましたが、その坊さんは「誓つてもいい」と言つてゐました。やがて首縄が強く締めかけられるやうになりましたが、坊さんはまだ、「全く食べやしないんだから」と呟いてゐました。

爺は殿様に言ひました。

「お姫様をもう一度私めにお診せ下せえまし。もしかしくじりでも致しましたら、一緒にお索を戴きます程に、あの坊さんのお処刑《しおき》をちよつくらお待ち下せえますやうに。」

爺はかう言つて、すぐに卓子に近寄つて、お姫様のお身体に息を吹きかけました。するとお姫様はむつくり起き上つて、涼しい愛嬌のある目元でお笑ひになりました。

殿様は大喜びで夥しい金銀を御褒美に下さいました。

爺は坊さんの縄目を解きました。

「さ、一緒に行つてお宝を分けやせう。」

爺は殿様から戴いたお宝を三つに分けました。それを見てゐた坊さんは、不思議さうに訊きました。

「どうしたんだよ、私達は二人しかゐないぢやないか、それにお宝を三つに分けるなんて。」

爺はそしらぬ顔で答へました。

「この一つは、私の欠餅を食つた盗人に呉れてやりますのさ。」

「さうか。」と坊さんは爺の顔を見て頭を掻きました。「それぢやほんとの事を言ふが、実は欠餅を食つたのは私だよ。いや全くだ、それに違ひないんだよ。」

「そいぢや、このお宝をそつくりお持ちなさるが好えだ、私のも一緒によ。」と、爺は例にない真面目な調子で言ひました。「これからはの、お寺大事に勤めさつしやい。夢にも吝な事を考へたり、また木槌で如来様のお頭をひつぱたくなんて、そんなねえな真似をするんぢやござりましねえだぞ。」

坊さんは恥づかしさうな顔を上げましたが、もう爺はそこには見えませんでした。

（反訳）

鵞鳥と鰻

むかしむかし、お天気のいい日に鵞鳥が沢山池で遊んでゐましたが、一つの鵞鳥が水のなかへ長い首を突込んだと思ふと、鰻を一尾くはへて皆の前にそれを見せつけました。

「や、鰻だな。」

と、ある鵞鳥が言ふと、

「ほんとに鰻だ。うまいだらうな。皆に幾らかづつ裾分けがして貰ひたいものだて。」

と、他の鵞鳥が言ひました。

鰻は吃驚しました。どうかして逃げたいものだと思つて、一生懸命に踠いてみますが、踠けば踠くほど鵞鳥が嘴を固くしめるので、身体がちぎれさうに痛みます。

「どうぞ勘忍して下さい。」

鰻は顔をしかめて、泣くやうにいつて頼みました。

「冗談言つちやいけない。お前を昼飯にしようと思つてるのぢやないか。」

と、一つの鵞鳥が横から口を出しました。

「どうぞお免し下さい。これまで通り水のなかに放して下さつたら、お礼にはなんでも致しますから。」

「お礼なぞ貰つたつて何になるもんか、俺達は今腹が減つてるんだからな。」

と、また一つの鵞鳥が欠伸をしながら言ひました。

「これほど頼んでみても、お助け下さいませんか。」と、鰻は悲しさうに涙を流しましたが、「それぢや、私も覚悟を定めてあなた方に食べられませう。だが、その前に一つお話ししたい事がありますから聞いて下さいますか。」と言ひました。

「聞いてやらうとも。早く話しなさい。」

と、一番親切さうな鵞鳥が言ひました。そこで鰻は話し出しました。


いつでしたか、浦島太郎が龍宮の乙姫様のところへ参られました時、私は章魚や、赤鱏や比目魚と一緒に浦島太郎の前へ呼ばれて舞踊を踊らされました。その折乙姫様は当座の褒美だといつて、章魚には流行の帽子を、赤鱏には女の著る振袖を、比目魚には玩具を下さいましたが、私には足をやらうと仰しやるのです。ところが、足には長いのと短いのと二種あるが、どちらがよいかとのお言葉です。

私がどちらを貰つたものかと思案してゐますと、お側にゐた腰元衆が、それは長い足を貰つた方がよい。馬を御覧なさい、長い足をしてゐますから、人を乗せて遠くの方へとつとと走つて行く事が出来ます。また鶴を御覧なさい、長い足をしてゐますから、水の深い所へも平気で入つて行つて、鮒や鰌を食べる事が出来ます。また鹿を御覧なさい、長い足をしてゐますから狼や熊などに追駆けられた時、どんどん駆け出して行つて、山を越え、谷を渡つて逃げのびる事が出来ます。また駱駝を御覧なさい、長い足をしてゐますから、広い広い沙漠をもぐんぐん歩いて行つて、僅かな日数で旅をする事が出来ます。だからお姫様のお志で足をお貰ひになるには、悪い事は申さないから、是非長い足になさい。と口々に申して呉れました。さうすると剽軽ものの章魚が、

「まつたくだよ、足は長いのに限らあ。私はよく月夜に豆畑へ上つて行つて、百姓の作つた豆を盗むが、間が悪いと、時々百姓に追駆けられる事がある。そんな時には私の足が短いのがまだるつこくてたまらないが、もしか乙姫様がもう一つ御褒美に足を下さるといふ事なら私は長い方が貰ひたいもんだな。」

「長いのにしなさい。長いのにしなさい。」

と、みんな一緒になつて私に教へて下さりました。

その時私は顔を上げて、乙姫様の顔を見ました。そして申しました。

「どうぞ短い方の足を戴かせて下さいまし。」

「短い方の足をとお言ひなのかい。」

と、乙姫様がお訊きになりました。

「はい、短い方の足でございます。」

腰元衆は顔を見合はせて、私を笑つてゐるやうでした。なかにも章魚は私の顔を見てべかこをしてゐたやうです。

「なぜまた短い方が気に入つたの。」

と、乙姫様は不思議さうにお訊きになりました、その時私は申しました。

「成程、長い足は馬や鶴や鹿や駱駝が持つて居ります。しかし短い方のは鵞鳥さんが持つてゐる足でございますから。」

「なぜ鵞鳥が持つてゐるといいんだね。」

乙姫様がこんなにおたづねになりますから、私は答へました。

「鵞鳥さんは、馬や、鹿や、鶴や、駱駝よりも利口でございます。」

ここまで鰻が話すと、鵞鳥は賞められた嬉しさに
「ははは……」

と、一緒になつて笑ひ出しました。鰻をくはへてゐた鵞鳥も口を開けて笑ひましたので、鰻は水に滑り落ちて、そのまま逃げてしまひました。

茶　話より

主人の頭を打つ女

むかしは男は月代《さかやき》といふものを剃つたものだが、それは髭を剃る以上に面倒くさいものであつた。伊勢の桑名に松平定綱といふ殿様があつた。気難かしやで、思ふ存分我儘を振舞つたものだが、とりわけ月代を剃るのが嫌ひであつた。

「我君、だいぶお頭《つむ》が伸びましたやうでございますが……」

家来がかう言つてそれとなく催促しても、殿様は余程気軽な時でないと、滅多に月代を剃らうとは言ひ出さなかつた。やつと口説き落して、家来が剃刀を持つて後に立つと、気難かしやの殿様は螻蛄《けら》のやうに頭を振つてどうしても剃らさうとしなかつた。

「我君、お危うございます。」と剃刀を持つたまま泣き出しさうに家来が言ふと、殿様はなほ調子に乗つて頭を振立てた。

「俺の頭はこんなにぐらぐらするのが癖だからの。」

と ど終ひには、家来が粗忽をして、家来にとつて余り大事でない殿様の頭によく傷をつけたものだ。すると、気儘な殿様は、主人の頭に傷をつけた不届者だといつて、すぐに立ち上りざま手打にしたものだ。

かうした理由で、家来の幾人かが手打にせられたので、終ひには誰一人月代を剃らうといひ出す家来はなくなつた。で、殿様の頭は荒野のやうに髪が伸び放題に伸びた。

殿様の頭が、だんだんむさくろしくなるのを見た奥方は、訳を聞いて初めて驚いた。そして其の次の日には、奥方自身殿様の月代を剃らうと言ひ出した。殿様はその日も螻蛄のやうに頭を振つた。まさか剃刀傷をつけたと言つて、奥方を手打にする気はなかつたらうが、この頭は剃刀の前には、ぐらぐらしないでは居られなかつたのだ。

奥方はそれを見ると、矢庭に拳をふり上げて、二つ三つ殿様の頭を敲きつけた。まるで締めの弛んだ古釘を打ち直しでもするやうに。殿様はびつくりした。

「何をする。」

「何も致しません、あなたのお悪いお癖を直したいばつかりでございます。」

奥方はそれを機に、殿をたしなめた。殿は黙つて言ふなりになつた。

女にも色々ある。貧乏人の女房になるものは、頭を敲きつけられる辛抱が必要だが、富豪や大名の奥方になるものは、時々主人の頭を敲きつける程の気力が無くて叶はぬ。

一千円の遺産処分

土耳其《トルコ》であつた話である。あすこのある信心深い富豪が大病にかかつて死にかけたので、一人息子を枕もとに呼んで、遺産の始末を細々と話した。

「で、お前に残してやるものは、それで判つたらうが、ここにまだざつと千円ばかり残つてゐる金がある。」

病人は苦しさうな息づかひをしながら言つた。

「はい、ございます。いかが始末したものでございませうな。この金は。」孝行者の息子はいつその事この千円は親父が墓場へ持つて行つてはどんなものかといひたいらしい考へを持つてゐた。

「それについてお前に頼みがあるのだが――」病人は破れた風琴のやうに悲しさうにまた咳き入つた。「その千円は世界中でお前が一番賤しいと思ふ人間に呉れてやつてほしいのだ。」

「承知致しました、きつとさやう取り計ひます。」孝行息子は今更のやうに親父の慈悲ぶかいのに感心して、鼻をつまらせながら返辞をした。

病人が亡くなつて後、息子は裁判所へ往つて遺産相続をしたが、その折自分のために色々面倒な手続をしてくれた裁判官の顔を見ると、急に例の千円の事を思ひ出した。

「さうだ、あの千円をこの男に呉れてやらう。相手は裁判官だ。又後々の都合もある事だから。」孝行息子は親父の遺言によつて、遺産の内千円を裁判官に贈呈したいと言ひ出した。

「なに、千円くれる。そんな物は貰ふわけにいかない。」裁判官はわざわざ取つておきの厳《しかつ》べらしい顔をして言つた。「俺はお前の親父と近づきでは無かつたぢやないか。見ず知らずの他人から遺産を貰ふといふ法はない。」

「いえ、貴方のものです。是非貴方にさし上げてくれと親爺がくれぐれも申し残した事なんですから。」

孝行息子は何でもかでも千円を押し付けようとした。

「困つたな。遺言といふのであつてみれば。」裁判官は真実困つたやうに額を手でおさへた。

「ぢや空取引をしよう。幸ひ裁判所の庭に雪がどつさり積つてゐるから、この雪を千円でお前に売るとしよう。ね、さうすればいいだらう、双方の言ひ分が立つて。」

孝行息子はそれに同意して、千円を渡して帰つた。すると、その明る朝また裁判所へ喚び出された。

「お前は昨日この構内の雪を買つたね。あんな物をいつまでも置かれては迷惑だから、直ぐ引取つて貰ひたい。」

裁判官は物尺のやうな厳正な顔をして言つた。孝行息子は呆気にとられたが、さてどうする事も出来なかつた。

「雪を引取る事は出来ないといふのか。」裁判官は言つた。「それぢや、契約違反の賠償として二百円の科料を命ずる。」

孝行息子はべそをかきさうな口もとをしたが、それでも黙つて二百円を払つて外へ出た。そしてふと親爺の遺言を思ひ出した。

「さうだ、親爺さんは世界中の一番賤しい男にくれてやれと言つたつけが。まあ、よかつた、これで遺言通りにしたといふもんだ。」

独身主義者と結婚と

今度の欧洲戦争で哀れな犠牲者となつた英国のキッチナア元帥が、名高い独身主義者だつたのは誰もが知つてゐる通りだ。女嫌ひな独身主義者にとつて、キッチナアを亡くしたのは世界を半分失つたのと同じ程の損失だつたに相違ない。

キッチナアがまだ印度に居た頃、その下で副官を勤めてゐたある若い将校が、今度結婚したいから、暫くの間休暇を貰つて、本国英吉利に還らせて貰ひたいと言ひ出した。女嫌ひな元帥は結婚だと聞くと額にさつと皺を寄せたが、それでも談話のすむまではじつと辛抱してゐた。

「結婚するつて。でも、お前はまだ二十五にもならんぢやないか。一年待ちなさい。そして其の上でまだ結婚したかつたら、休暇を与へる事にしようから。」

元帥はかう言つて、若い将校の玉葱のやうな蒼白い顔を見た。将校はふくれ面をしたが、それでも言葉はかへさなかつた。

一年は過ぎた。若い将校は、キッチナアが上機嫌な折を見計つて、また以前の賜暇問題を持ち出した。

すると、キッチナアの石のやうな四角い、そしてまた石のやうな厳粛な顔に、急に石のやうな冷たさが現はれて来た。

「十二箇月考へぬいても、お前はまだ結婚したいつて言ふんだね。」

「はい、早く身を固めた方がいいかと思ひまして。」

若い将校は、腹の減つた狗が主人の顔を見る折のやうな狡さうな眼つきをした。

「それぢや仕方がない。休暇を取るのもよからう。」この名高い独身主義者は忌々しさうに白い歯を見せながら言つた。「相手は女ぢやないか、それに一年も続いて愛情をもつてるなんて。俺はそんな男がこの世にあらうとは思はなかつたよ。」

若い将校は希望通りに休暇を貰つたらいいので、おまけに好きな娘と結婚する事さへ出来たらいいので、別に気むづかしやの元帥と議論する必要もなかつたのだ。で、お辞儀をして室から外に出ようとしたが、それだけでは何だか物足りないやうに思つたので、つかつかと後がへりをして来た。

「申し添へておきますが、私が結婚しますのは、去年のと同じ女ではございませんから。」

キッチナアはだしぬけに耳朶を引張られたやうな顔をした。――若い将校め、何といふ不作法な事を言つたものか。こんなのに限つて、一度は女の前でとんぼがへりをする奴である。

貧乏画家

むかし、渡辺崋山の弟子に桜間青崖といふ画家が居た。貧乏人の多いむかしの画家の中でも、これはまたずば抜けた貧乏人で、住居といつては、僅に胡坐が組まれる程の小さな家で、雨が降る日にはいつも雨漏がして仕方がなかつた。そんな折には、青崖はいつも左の手で雨傘をさしながら、右の手ではせつせと絵を描いてゐた。そんなに雨漏がする畳の上で何も絵など描かなくともよささうなものだ、じつと腕を拱んで、考事でもしてゐたらよかりさうなものだが、貧乏な画家には考事などは禁物であつたので、青崖は雨傘をさしながらせつせと絵を描いた。

或る夏の日の事であつた。崋山の弟子の一人、椿山が青崖を訪ねて来た。すると表の戸がぴつたりと締つて居るので、椿山は外から大きな声で喚いた。

「桜間先生、先生はおいでではございませんか。」

暫くすると、中から掠めたやうな男声で、

「先生は今日はお留守ですよ。」

と言ふものがあつた。椿山は平素から青崖の宅には主人の他、猫の子一匹居ないのを知つて居るので、主人の留守に誰か応答《うけこたへ》をするものがあるのを不思議に思つた。さう思へば今の声がどうやら青崖自身のに似て居るやうに思はれてならなかつた。

椿山は又声をかけた。

「先生は何方《どちら》にいらつしやいました。」

「何方へ行つたか、そんな事が判つてたまるものか。」

家の中からは、大きな声で叱りつけるやうに怒鳴つた。それこそ擬ふ方のない青崖自身の声であつた。

「さう仰有るのは、先生御自身ぢやございませんか。」

椿山はさう言ひながら破けた障子の隙間からなかを覗いて見た。そこには青崖が素裸の儘胡坐をかいて居たが、名前を呼びかけられたので、ついのそのそと起ち上つて来た。

「俺さ、俺には違ひないが、今一寸他人に入られては困るんでね。」青崖はかう言ひながら障子の側まで歩いて来た。「表に洗濯物の単衣が干してあるんだが、もう乾いたかしら……気の毒だが一寸触つて見てくれないか。」

椿山は表の井戸端を見た。成程其処には洗濯物が一枚、物干竿に引かかつて居たが、どんなお心の潤いおてんたう様でも、顔を顰めないでは見て居られないやうな単物であつた。椿山は一寸手に触つて見た。洗濯物はどうにか乾いて居た。

「先生、乾いて居ますよ。」

「乾いて居るか、それはいい。そんなら俺も留守ぢやない。」青崖はかういひながら戸を心持開けて、中から顔を出した。「気の毒だが序に一寸それをとつてくれないか。」

椿山は言はれる儘に洗濯物をとつた。青崖は安心したやうに戸を押し開けて外へ出た。見ると肌には何も著けて居なかつた。椿山は自分の方が顔が赤くなるやうな気持で、背後からすつぽりと洗濯物を著せかけた。青崖は安心したやうに声を揚げて笑つた。

文豪と旅宿の亭主

英国の文豪キプリングの邸前に美しい並木があつて、主人が自慢の一つになつてゐる。ところが、この頃になつて急に樹に元気がなくなつたので、どうした事かとよく調べて見ると隣の旅籠屋へ出入する馬車のせゐで、車の肩が突き当る度に樹肌が擦りむけてゐたのだと判つた。

キプリングはぶつぶつ呟きながら、隣の主人あてにこれからは少し気をつけてくれるやうにと手紙を書いて出した。旅籠屋の亭主はそれを受取ると、すぐ自分の家に泊り合はせてゐる客の一人をたづねた。

「旦那、あなたはキプリング先生の書いた物をお購ひになりませんか。あの先生の物は滅多に手に入らないつていふ事でがすぜ。」

「キプリングさんの手蹟かい。」客は声をはづませた。「有るなら譲つて貰ひたいもんだね。かねがね欲しいと思つてたんだ。」

「ぢや、お譲りしませう、やつと今手に入つたところでがさ。」

旅籠屋の亭主は、たつた今受取つたばかりの文豪の手紙を売りつけた。そして代りに十シルリングの銀貨を受取つた。

文豪は隣家から一向返事が来ないので、真赤になつて怒つた。そして今度は火のやうな手紙を書いて送つた。

旅籠屋の亭主は、その手紙をまた泊り客の一人に売りつけた。そして一磅の金を黙つてポケットにしまひ込んでしまつた。

キプリングは幾日経つても返事が来ないので、たうとう業を煮やして隣へ出かけて往つた。

「御主人、お前さんのところへ、こなひだから二度ばかり手紙を出しておいたが、受取つてくれましたか。」

「はい、確に拝見しましたよ。」

旅籠屋の亭主は、銀貨をポケットにしまひ込んだ、その同じ手で頤を撫でまはした。

「ぢや、何だつて返事をくれない。」文豪はぷりぷりして言つた。

「でも、先生、私の方では毎日でもお手紙が戴きたいんです。」

隣の亭主は揉み手をしながらお辞儀をした。

「馬車でお客を送るよか、その方がずつと商売になるんですからな。」

文豪の原稿

紀州に光明寺といふ黄檗の寺がある。そこの開山は円通といふ草書に巧な坊さんだつた。ある人がこの坊さんから手紙を貰つたが、どうしても読み下しにくい箇所があるので、わざわざ光明寺を訪ねて、和尚にその手紙を見せたものだ。すると、和尚は幾度か繰返してその手紙を読んでゐたが、たうとう投げ出すやうに、

「わしが書いたには相違ないが、どうにも読み下しやうがないわい。幸ひ弟子にわしの書いたものをよく読みわけるのがあるによつて、そいつに見せたがよからう。」

と言つたさうだ。こんな風に自分で自分の書いたものが読めないのも多くはなからうが、トルストイの原稿なども、夫人の外には読みこなす人が少く、印刷所の植字工などの手にはとてもおへなかつたので、この人の原稿はすつかり夫人の手で書き直されたといふことだ。

「紅文字」の著者ホウソンも随分わからない文字を書いた人で、この人の遺稿にはかなり価値のあるものも遺つてゐるが、それが今だに出版せられないのは、誰一人十分読みこなせる人が居ないからださうだ。

カアライルも名高い悪筆家で、この人の原稿にはどんな植字工も困らされたものだ。

ある時倫敦の印刷屋が蘇格蘭《スコットランド》からすてきに腕の優れてゐる植字工を一人よんで来た。仕事始めに職工の手に渡されたのは、外でもないカアライルの原稿だつた。すると、それを一目見た職工はうなされるやうな声を出した。

「また此奴《こいつ》に出会はしたんだな。」職工はいきなりその原稿を卓子の上に叩きつけた。「此奴から逃げ出したいばかりに、わざわざ倫敦あたりまで出掛けて来た俺ぢやないか。」

御寝間の埃

仏蘭西のルイ十五世の皇后が、ある時ふだん自分のあまり使つたことのない公式用の寝台の上に、小さな埃を見つけたことがあつた。皇后は一寸美しい眉を寄せた。時を移さず皇后宮大夫は御前に呼び出された。皇后は黙つて可愛らしい指でその埃を指ざして見せた。皇后宮大夫は二三度お辞儀をしたと思ふと、次に控へた皇后宮附の御寝間係を呼出した。御寝間係はその埃を見ると、顔を真赤にしてそのまま御前を下つて行つたが、一時間程経つと国王附の御寝間係を連れてまたはひつて来た。そして御寝間の上に残つてゐる件の埃を見せて、一刻も早く取りのけた方がいいと権柄づくに言渡した。国王附の御寝間係は頭を横にふつた。

「そんなことは私の仕事ぢやありません。私は職責として皇后の宮の御ふだん用の御寝間こそ手にかけてゐますが、公式用の方は私がお触り申すことすら出来ないことになつてゐるのですから、この始末はどなたか外の方でありませんと……」

皇后の宮はその言葉に一応道理があるやうに思はれたので、誰が係なのか、それをよく吟味して、その者に件の埃の始末をさせるやうにと仰せられた。その後係の者を調べるためにいろんな会議が開かれて、二月ほどむだな月日が経つた。皇后の宮は大夫を召出されて、埃はどうなつたかと訊かれた。大夫は叮嚀にお辞儀をした。

「申訳がございません。引続きかれこれ詮議は致して居りますが、まだ係の者が判り兼ねますので、埃はそのまま差し置いてございますやうな次第で……」

たうとう皇后の宮は、ある朝御自分で刷毛をもつてその埃を払ひ落された。埃はすぐに見えなくなつた。

艸木虫魚より

柚子

柚子の木の梢高く柚子の実のかかつてゐるのを見るときほど、秋のわびしさをしみじみと身に感ずるものはない。豊熟した胸のふくらみを林檎に、軽い憂鬱を柿に、清明を梨に、素朴を栗に授けた秋は、最後に残されたわびしさと苦笑とを柚子に与へてゐる。苦笑はつよい酸味となり、わびしさは高い香気となり、この二つのほかには何物をももつてゐない柚子の実は、まつたく貧しい秋の私生児ながら、一風変つた季節の気質は、外のものよりもたつぷりと持ち伝へてゐる。

柚子は世間のすねものである。超絶哲学者の猫が、軒端で日向ぼつこをしながら、どんな思索にふけつてゐようと、また新聞記者の雀が、路次裏で見た小さな出来事をどんなに大げさに吹聴してゐようと、彼はそんなことには一向頓著しない。赤く熟しきつた太陽が雑木林に落ちて往く夕ぐれ時、隣の柿の木の枝で浮気ものの渡り鳥がはしやぎちらしてゐるのを見ても、彼は苦笑しながら黙々として頭をふるに過ぎない。そこらの果樹園の林檎が、梨が、柿が、蜜柑が、一つ残さずとりつくされて、どちらをふり向いて見ても、枝に残つてゐるものは自分ひとりしかないのを知つても、彼は依然として苦笑と沈黙とをつづけてゐる。彼は自分の持つてゐるのは、さびしい「わび」の味ひで、この味ひがあまり世間受けのしないことは、柚子自らもよく知つてゐるのである。

むかし、千利休が飛喜百翁の茶会で西瓜をよばれたことがあつた。西瓜には砂糖がかけてあつた。利休は砂糖のないところだけを食べた。そして家に帰ると、門人たちにむかつて、

「百翁はもつとものがわかつてゐる男だと思つてゐたのに、案外さうでもなかつた。今日西瓜をふるまふのに、わざわざ砂糖をふりかけてゐたが、西瓜には西瓜の味があるものを、つまらぬことをしたものだ。」

といつて笑つたさうだ。もののほんたうの味を味はうとするのが茶人の心がけだとすると、枝に残つて朝夕の冷気に苦笑する柚子が、彼等の手につまれて柚味噌となるに何の不思議はない。「わび」を求めてやまない彼等に、こんな香の高い「わび」はない

答であるから。

徳川八代将軍吉宗の頃、原田順阿弥といふ茶人があつた。あるとき、老中松平左近将監の茶会に招かれて、懐石に柚味噌をふるまはれたことがあつた。その後幾日か経て、順阿弥は将監にあいさつをした。

「こなひだの御味噌は、風味も格別にいただきました。さすが御庭のもぎ立てはちがつたものだと存じました。」

「庭のもぎ立て。」将監は不審さうにいつた。「なぜそんなことがわかつたな。」

順阿弥は得意さうに微笑した。

「外でもございません。お路次へ上りましたときと、下りましたときと、お庭の柚子の数がちがつてをりましたものですから。」

それを聞くと、将監は、

「油断もすきも出来ない。」

といつて、苦笑ひしたさうである。

ものごとに細かい用意があるのはいいものだが、路次の柚子を数へるなどは、柚味噌のわびしい風味をたのしむ人の振舞とも覚えない。こんなことを得意とするやうでは、いつかは他人のふところ加減をも読みかねなくなる。

かまきり

秋草の中にどかりと腰をおろして、両足を前へ投げ出したまま日向ぼつこをしてゐると、かさこそと草の葉をつたつて、私の膝の上に這ひのぼつて来るものがある。見るとかまきりだ。かまきりはたつた今生捕つたばかしの小さな赤とんぼを、大事さうに両手でもつて胸へ抱へ込んでゐる。

哀れな犠牲だ。私はかろく指さきでその赤とんぼの羽に触つてみた。あはよくば助けてやりたかつたのだ。かまきりは立ちどまつた。要らぬおせつかいを癪にさへたらしく、胸をそらして身構へた。私はまたとんぼの尻つ尾に触らうとした。それを見たかまきりは、一足しさつて高く右手の鎌をふりあげた。私はまたとんぼの頭を小突いた。その一刹那かまきりは赤とんぼをふり捨て、両手の鎌をふりかざして手向つて来た。私は指さきでその草色の背を押へた。処女《きむすめ》が他人に肌を弄られたやうな無気味さと恥辱とに身をふるはしながら、かまきりはいきなり私の指に噛みつかうとした。私はかろくそれを弾き飛ばした。よろよろとよろけた虫は、両脚をつよくしつかりと踏みはだかつて、やつと立ち直つたかと思ふと、すぐまた鎌を尖らして来た。

「なかなかしぶとい奴だな。それぢや、かうしてくれる……」

私はすきを見て、相手の細つこい首根つこを両指につまみあげようとして、その瞬間自分が今争つてゐるのは、草色の背をした小さな秋の虫ではなく、私自身の胸の奥に巣くつてゐる反抗心そのものであるやうな気がしたので、そのままそつと指を引つこめてしまつた。

「反抗」の精霊よ。押へれば頭をもち上げたがる「反動」の小さな悪魔よ。澄みきつた清明な秋の心の中にすみながら、お前は生れおちるとから死ぬるまで、一瞬の間も反抗と争闘との志を捨てようとはしない……

馬を見よ。馬はあの大きな図体をしながら、人間にはどこまでも従順で、いひつけられたことにはすなほに服従してゐる。ある学者の説明によると、馬があんなに人間に従順なのはひとへにその眼の構造によることで、馬の眼は人間の眼よりも二十二パアセントだけものを大きく見せるやうに出来てゐるので、五尺五寸の人間は馬の眼には六尺七寸以上に映ることになる。それゆゑにこそ馬は人間におとなしいので、もしか馬が人間のほんたうの大きさを知ることが出来て、芝居の「馬」のやうに自分の背で反身になつてゐるものが、必ずしも主役の一人とは限らないことを知つたなら、馬は主人を鞍の上からゆすぶり落して、足蹴にかけまいものでもないといふことだ。馬にこんな不思議な眼を授けた自然は、かまきりにはかなり鋭利な二つの鎌と一緒に、しぶとい反抗心を与へてくれた。これあるがゆゑに、お前はあらゆる虫と戦ひ、草の葉と戦ひ、風と戦ひ、お前の母である清明な秋と戦ひ、はては大胆にも偉大なる太陽に向つてすら戦をいどまうとするのだ。百舌鳥もお前に似て喧嘩ずきな鳥だが、あの鳥の欲望は征服の心地よさにあるので、征服出来さうにもない相手には、滅多に争ひを仕かけようとはしない。それに較べると、お前は何といふ向う見ずな反逆気《むほんぎ》だらう。あの太陽に向つて喧嘩をしかけるとは。それにしてはお前の身体はあまりにひ弱すぎる。

「お前は結局自分の反逆気《むほんぎ》に焼かれて死ぬより外はないのだ。」

私が小声でそつと耳打ちしようとすると、かまきりはもうそこらにゐなくなつてゐた。それでも構はなかつた。私は自分の胸に巣くつてゐる、今一つのかまきりに呼びかけることが出来たから。

蜜柑

黄金色の蜜柑がそろそろ市に出るころになつた。

むかし、善光といふ禅僧があつた。あるとき托鉢行脚に出て紀州に入つたことがあつた。ちやうど秋末のことで、そこらの蜜柑山には、黄金色の実が枝もたわむばかりに鈴なりになつてゐた。山の持主は蜜柑取に忙しいらしく、こんもり繁つた樹のかげからは、ときをり陽気な歌が聞えてゐた。

蜜柑山に沿うた小路をのぼりかかつた善光は、ふと立ちどまつた。頭の上には大粒の蜜柑のいくつかがぶら下つてゐた。善光は不思議なものを見つけたやうに、眼を上げてその枝を見つめた。そしてときどきいかにも不審に堪へないやうに小首をかしげては、何やら口のなかで独語をいつてゐるらしかつた。

しばらくすると、程近い樹のかげから一人の農夫がのつそりと出て来た。

「坊さん。あんたそんなところで何してはりまんね。」

善光は手をあげて頭の上の枝を指ざした。

「あすこに変なものがぶら下つてゐる。あれは何といふものかしら。」

「変なもの。どれ、どこに。」

農夫は善光の指ざす方角を見あげた。そしてはじけるやうに笑ひ出した。

「はははは。あれ知んなはらんのか。蜜柑やおまへんか。」

「蜜柑。」善光はいぶかしさうに農夫の顔を見た。「何ですか、蜜柑といふのは。」

「蜜柑を知んなはらんのか。」農夫はをかしさうな表情をして善光を見かへした。旅の坊さんは牛のやうなとぼけた顔をして立つてゐた。農夫は爪立をしながら手を伸ばして、枝から蜜柑の一つをもぎとつた。「まあ、あがつてごらん。おいしおまつせ。」

善光は熟しきつた果物を手のひらに載せられたまま、それが火焔のかたまりででもあるかのやうに眼を見張つた。

「食べられる、これが……」

善光のもじもじしてゐる容子を見た農夫は、をかしさに堪らなささうにまた笑ひ出した。

「坊さんなんて、ありがたいもんやな。蜜柑の食べ方一つ知んなはらん。どれ、わしが教へてあげまつさ。」

農夫は蜜柑の皮をむいて、あらためて中味を善光の手にかへした。

善光はそれを一口に頬張つた。その口もとを見つめてゐた農夫はいつた。

「なかなかおいしおまつしやろ。」

善光はそれには答へないで、蝦蟇のやうな大きなおとがひを動かしながら、じつと後口《あとくち》を味つてゐたが、まだ何だか腑に落ちなささうなところがあるらしく、ちよつと小首をかしげた。

「申しかねますが、今一ついただけないでせうか。」

農夫は黙つてまた二つの蜜柑を枝からもぎとつた。善光はそれを二つとも食べてしまつて初めて合点したやうにいつた。

「なるほど蜜柑といふものはうまいものですな。」

旅の僧に初めて蜜柑を味はせたその喜びをもつて、農夫がもとの樹かげに帰つて往くと、善光は手を伸ばして道に落ちてゐる蜜柑の皮を、残らず拾ひとつてふところに収めた。

「これ、これ。そんなもの拾うたかて、食べられやしまへんぜ。」農夫の声が樹かげから聞えた。善光は声のする方にふりむいた。

「いや、持つて帰つて陳皮にするのです。」

善光め。何も知らない顔をしてゐて、実は蜜柑の皮を食ふすべまで知つてゐたのだ。——禅といふものは、いろんな場合に役に立つものである。

蓑虫

一

空は藍色に澄んでゐる。陶器のそれを思はせるやうな、静かで、新鮮な、冷い藍色だ。

庭の梅の木の枝に蓑虫が一つぶら下つてゐる。有合せの枯つ葉を縫ひつづくつた草庵とでもいふべきお粗末な住家で、庵の主人は印度人のやうな鳶色の体を少しばかし、まだ明けつ放しの入口の孔から突き出したまま、ひよくりひよくりと頭をふつてゐる。何一つする仕事はなし、退屈で堪らないから、閑つぶしに頭でもふつてみようかといつた風の振方である。

そつと指さきで触つてみると、虫は急に頭をすくめて、すつぽりと巣のなかに潜り込んでしまふが、しばらくすると、のつそりと這ひ上つて来て、またしてもひよくりひよくりと頭をふつてゐる。

二

むかし、支那の河南に武億といふ学者があつた。ある歳の冬、友人の家に泊つてゐて除夜を過したことがあつた。その日の夕方宿の主人がこんなことをいひ出した。

「旅に出て歳を送るのは、さだめし心細いものだらうと思ふな。その心細さを紛らせるのに何かいいものがあつたら、遠慮なくいつてくれたまへ。」

すると、武億は答へた。

「有難う。ぢや酒を貰はうかな。酔つてさへゐれば除夜も何もあつたものではない。」

主人は客の好みに応じて蒙古酒一瓶に、豕肉と、鶏と、家鴨と、その外にもいろんな珍しい食物を見つくらつて武億をもてなした。客はその席に持ち出されたものはみんな飲みつくし、食べつくして、いい機嫌になつてゐたが、何となくまだ物足りなさ

さうにも見えるので主人が気をきかせて、

「まだ欲しいものがあるなら、何なりともいつてくれ給へ。」

といふと、武億はとろんこの眼を睡さうに瞬きながら、

「何もない。ただ泣きたいばかりだ。」

といひも終らず、いきなり声をあげて小児のやうにおいおい泣き出したさうだ。


武億が声をあげて泣き出したのは、したたか酒に食べ酔つた後の所在なさ、やるせなさからで、蓑虫がひよくりひよくりと円い頭をふり立ててゐるのも、同じ所在なさ、やるせなさの気持からだ。虫は春からこの方、ずつと青葉に食べ飽きて、今はもう秋冬の長い静かな眠りを待つのみの身の上だ。ところが、気紛れな秋は、この小さな虫に順調な安眠を与へようとはしないで、時ももう十月半ばだといふのに、どうかすると夏のやうな日光の直射と、晴れきつた空の藍色とで、虫の好奇心を誘惑しようとする。木の葉を食ふにはもう遅すぎ、ぐつすり寐込むにはまだ早過ぎる中途半端な今の「出来心」を思ふと、虫は退屈しのぎの所在なさから、小坊主のやうな円い頭をひよくりひよくりと振つてでもゐるより外に仕方がなかつたのだ。

三

むかしの人は、虫と名のつくものは、どんなものでも歌を歌ふものと思つてゐたらしく、蚯蚓《みみず》や蓑虫をも鳴く虫の仲間に数へ入れて、なかにも蓑虫は、

「父こひし。父こひし。……」

と親を慕つて鳴くのが哀れだといひ伝へられてゐるが、ほんたうのことをいふと、蚯蚓と蓑虫とは性来のむつつりやで、今まで一度だつて歌などうたつたことはない筈だ。蚯蚓が詩人と間違へられたのは、たまさかその巣に潜り込んで鳴いてゐる螻蛄《けら》のせゐで、地下労働者の蚯蚓は決して歌をうたはうとしない。黙りこくつてせつせと地を掘るのが彼の仕事である。

それとは違つて、蓑虫が歌をうたはないのは、彼がほんたうの詩人だからだ。むかしの人もいつたやうに、詩を知ることの深いものは、詩を作らうとはしないものだ。声に出して歌ふと、自分の内部が痩せることを知つてゐるものは、唯沈黙を守るより外には仕方がない。——だから蓑虫は黙つてゐるのだ。

支那の周櫟園の父はなかなかの洒落者で、老年になつてから自分のために棺を一つ作らせそれを邸内に置いてゐた。天気のいい日などに酒に酔つぱらふと、

「いい気持だ。こんな気持をなくしないうちに、今日は一つ死んでのけよう。」といひいひ、ごそごそとその棺のなかに潜り込んで、ぐつすりと寐入つたものだ。そして眠りから覚めると、多くの孫たちを呼び集め、懐中に忍ばせておいたいろんな果物を投げてやつて、孫たちがそれを争ひ拾ふのを眺めて悦んでゐたといふことだ。——死の家から、若い生命の伸びてゆくのを見る娯しみである。

枯つ葉でつづくつた蓑虫の草庵は、やがてまたその棺であり、墓である。そのなかで頭をふりふり世間を観じてゐる蓑虫の心は、むかし周氏の父が味はつたやうな遊びに近いものではなからうか。

私にはそんなことが考へられる。

さすらひ蟹

一

今日蛤を食べてゐると、貝のなかから小さな蟹が出た。貝隠れといつて、蛤や鳥貝の貝のなかに潜り込み、つつましやかな生活を送つてゐる小さな食客だ。蟹といふ蟹が持つて生れた争闘性から、身分不相応な資本《もとで》を入れて、大きな親爪や堅い甲羅をしよひ込み、何ぞといつては、すぐにそれを相手の鼻さきに突きつけようとする無頼漢《ならずもの》揃ひのなかにあつて、これはまた何といふ無力な、無抵抗な弱者であらう。

さうした弱者であるだけに、こつそりとそこらの蛤の家に潜り込み、宿の主人といがみあひもしないで、仲よく同じ屋根の下で、それぞれの本性に合つた、異つた生活を営むことも出来るので、こんな貧しい、しかしまたむつまじい生活を与へてくれる自然の意志と慈愛とは、感嘆に値ひするものがある。

この小さな蟹の第二指と第五指とが、人間のそれと同じやうに、第三指や第四指に比べて少し短いのは、どうした訳であらうか。自然はこんな目で測られないやうな小さなものにまで、細かい意匠の変化を見せて、同じものになるのを嫌つてゐるのではなからうか。

二

他人の軒さきを借りて生活をする貝隠れとは打つて変つて、広い海の上を漂泊することの好きな蟹に「おきぐらぷすす」がある。胆の太い航海者が小さなぼろ船に乗つて、平気で海のただ中に遠出をするやうに、この蟹はそこらに有合せの流れ木につかまつて、静かな海の上を波のまにまにところ定めず漂泊するのが、何よりも好きらしい。この小さな冒険者に不思議がられるのは、彼が広い海の上を乗り歩く娯しみとともに、また新しい港に船がかりする悦びをも知つてゐるらしいことだ。磯打つ波と一緒に流れ木がそこらの砂浜に打ちあげられると、蟹は元気よく波に濡れた砂の上におり立ち、まるで自分が新しい大陸の発見者ででもあるやうに、気取つた足どりでそこらを歩き廻るさうだ。

三

漂泊好きなこの蟹のことを考へるたびに思ひ出されるのは、年若くして亡くなつた詩人増野三良氏のことだ。増野氏は生前オマア・カイヤムやタゴオルの訳者として知られてゐたがそんな飜訳よりも彼自身のものを書いた方がよかりさうに思はれるほど、詩人の気稟に富んだ男だつた。

増野氏が大阪にゐた頃、私は梅田駅の附近でたびたび彼を見かけたので、あるときこんなことを訊いたことがあつた。

「よく出逢ふぢやないか。君のうちはこの近くなのか。」

増野氏の答は意外だつた。

「いや、違ひます。僕は毎日少くとも一度はこの停車場にやつて来るんです。自分が人生の旅人であることを忘れまいとするためにね。」

私は笑ひながらいつた。

「それはいいことだ。少くとも大阪のやうな土地では、旅人で暮されたら、その方が一等幸福らしいね。」

「僕は時々駅前の料理屋《レストオラン》へ入つて食事をしますが、そこの店のものに旅人あつかひをされると、僕自身もいつの間にかその気になつて、この煤煙と雑音との都会に対して旅人としての自由な気持をとり返すことが出来るんです。僕はどんな土地にも、人生そのものにも、土著民であることを好みません。旅人であるのが性に合つてるんですよ。」

増野氏はかういつて、女にしてみたいやうな美しい大きな眼を輝かせた。私はその眼のなかに、一片の雲のやうな漂泊好きな感情がちらと通り過ぎるのを見た。

四

それから二三日して、私は友人を見送りに、梅田駅の構内に立つてゐた。下りの特急列車が今著いたばかりで、プラットフオオムは多数の乗客で混雑してゐた。

ふと見ると、そのなかに増野氏が交つて、白い入場券を帽子の鍔に、細身のステッキを小腋に抱込んだまま、ひとごみをかき分けかき分け、気取つた歩きぶりで、そこらをぶらぶらしてゐるのが眼についた。その姿を見ると、長い汽車旅行に飽きて、停車時間の暫くをそこらに降り立つてゐる旅人の気持がありありと感じられた。

「人生の旅人か。」

私は増野氏のいつた言葉を思ひ出して、この若い、おしやれな「おきぐらぷす」の後姿をいつまでも眼で追つてゐた。

物の味

一

「どんな芸事でも、食物の味のわからない人達に、その呼吸がわからうはずがありませんよ。庖丁加減にちつとも気のつかない奴が、物の上手になつたためしはないのですからな。」

四条派の始祖松村呉春は、人を見るとよくこんなことをいつたものだ。

呉春は、「胆大小心録」の著者上田秋成から、「食ひものは、さまざまと物好みが上手ぢやつた。」といはれたほどあつて、味覚がすぐれて鋭敏な人で、料理の詮議はなかなかやかましかつた。

呉春は若い頃から、暮し向がひどく不自由なのにも拘らず、五六人の俳人仲間と一緒に、一菜会といふ会をこしらへて、毎月二度づつ集まつてゐた。そしてその会では、俳諧や、絵画の研究の外に、いろいろ変つた料理を味はつて、この方面の知識を蓄へることも忘れなかつた。

二

呉春は困つた時には、島原の遊女が昵懇客《なじみきやく》へおくる艶書の代筆までしたことがあつた。そんな苦しい経験を数知れず持つてゐる彼も、画名があがつてからの貧乏は、どうにも辛抱が出来なかつた。

師の蕪村の門を出てから後も、呉春の画は一向に売れなかつた。彼は自分の前に一点のかすかな光明をも見せてくれない運命を呪つた。そしてたうとうわれとわが存在を否定しようとした。生きようにも生きるすべのないものは、死ぬより仕方がなかつた。

物を味はふことの好きな呉春に、たつた一つ、死ぬる前に味はつておかねばならぬものが残されてゐた。

彼は一度でいいから、心ゆくまでそれを味はつてみたいと思ひながら、今日まで遂にそれを果すことが出来なかつたのだ。

それはこの世に二つとない美味いものだつた。しかし、それを食べたものは、やがて死ななければならなかつた。彼はその死が怖ろしさに、今日までそれを味はふことを躊躇してゐた。

それを味はふことが、やがて死であるとすれば、いま死なうとする彼にとつて、そんな都合のよい食物はなかつた。

その食物といふのは、外でもない、河豚であつた。

呉春は死なうと思ひきめたその日の夕方、めぼしいものを売つた金で、酒と河豚とを買つて来た。

「河豚よ。今お前を味はふのは、やがてまた死を味はふわけなのだ。お前たち二つのものにここで一緒に会へるのは、おれにとつても都合が悪くはない。」

呉春は透きとほるやうな魚の肉を見て、こんなことを考へてゐた。そしてしたたか酒を煽《あふ》飲りながら、一箸ごとに嚙みしめるやうにしてそれを味はつた。

河豚は美味かつた。多くの物の味を知りつくしてゐた呉春にも、こんな美味いものは初めてだつた。彼は自分の最後に、この上もない物を味はふことが出来るのを、いやそれよりもさういふ物を楽しんで味はふことによつて、安々と死をもたらすことが出来るのを心より喜んだ。

暫くすると、彼の感覚は倦怠を覚え出した。薄明りが眼の前にちらつくやうに思つた。麻痺が来かかつたのだ。

「河豚よ。お前は美味かつた。——すてきに美味かつた。——死もきつとさうに違ひなからう……」

呉春はだるい心の底で夢のやうにそんなことを思つた……

柔かい闇と、物の匂のやうな眠とが、そつと落ちかかつて来た。彼はその後のことは覚えなかつた。

三

翌朝、日が高く昇つてから、呉春は酒の酔と毒魚の麻痺とから、やつと醒めかかることが出来た。

彼は亡者のやうな恐怖に充ちた眼をしてそこらを見まはした。やがて顔は空洞《うつろ》のやうになつた。彼が取り散らした室の様子を見て、昨夜からの始末をやつと思ひ浮べることが出来たのは、それから大分時が経つてからのことだつた。

まだ痛みのどこかに残つてゐる頭をかかへたまま、彼はぼんやりと考へ込んでゐたが、暫くすると、重さうに頭をもち上げた。そして、

「死んだものが生きかへつたのだ。よし、おれは働かう。何事にも屈託などしないぞ。」

と呻くやうに叫んだ。彼は幾年かぶりに自分が失くした声を取り返したやうに思つた。

その途端彼は自分を殺して、また活かしてくれた河豚を思つて、その味はひだけは永久に忘れまいと思つた。

食味通

一

物事に感じの深い芸術家のなかには、味覚も人一倍すぐれてゐて、とかく料理加減に口やかましい人があるものだ。蕪村門下の寧馨児として聞えた松村月渓もその一人で、平素よく物の風味のわからない人達に、芸事の細かい呼吸が解せられよう筈がないといひひしてゐて、弟子をとる場合には、画よりも食物のことを先に訊いたものださうだ。

だが、物の風味を細かく味はひわけなければならない食味などといふものは、えてして実際よりも口さきの通がりの方が多いもので、見え坊な芸術家のなかには、どうかするとそんな人達を見受けないこともない。ロシアの文豪プウシキンなども、自分が多くの文人と同じやうに詩のことしかわからないと言はれるのが厭さに、他人と話をするをりには、自分の専門のことなどは噯気《おくび》にも出さないで、馬だの骨牌だのと一緒に、よく料理の事をいつぱし通のやうな口振で話したものだ。だが、ほんたうの事を言ふと、プウシキンはアラビヤ馬とはどんな馬なのか、一向に見わけがつかず、骨牌の切札とは、どんなものをいふのか、知りもしなかつた。一番ひどいのは料理の事で、仏蘭西式の本場の板前よりも、馬鈴薯を油で揚げたのが好物で、いつもそればかりを旨さうにぱくついてゐたといふ事だ。

二

そんな通がりの多い中に、日根対山は食味通として、立派な味覚を持つてゐる一人だつた。対山は岡田半江の高弟で、南宗画家として明治の初年まで存へてゐた人だつた。

対山はひどい酒好きだつたが、いつも名高い剣菱ばかりを飲んでゐて、この外にはどんな酒にも唇を濡さうとしなかつた。何かの会合で出かける場合には、いつも自用の酒を瓢に詰めて、片時もそれを側より離さなかつた。

ある時、土佐の藩主山内容堂から席画を所望せられて、藩邸へ上つた事があつた。画がすむと、別室で饗応があつた。

席画の出来ばえにすつかり上機嫌になつた容堂は、

「対山は酒の吟味がいかう厳しいと聞いたが、これは乃公の飲料《のみしろ》ぢや。一つ試みてくれ。」

といつて、被布姿で前にかしこまつてゐる画家に盃を勧めた。

対山は口もとに微笑を浮べたばかしで、盃を取り上げようともしなかつた。

「殿に御愛用がおありになりまするやうに、手前にも用ひ馴れたものがござりまするので、その外のものは……」

「ほう、飲まぬと申すか。さてさて量見の狭い酒客ぢやて。」容堂の言葉には客の高慢な言ひ草を癪にさへるといふよりも、それをおもしろがるやうな気味が見えた。「さう聞いてみると尚更のことぢや。一献掬まさずにはおかぬぞ。」

対山は無理強ひに大きな盃を手に取らせられた。彼は嘗めるやうに一寸唇を浸して、酒を吟味するらしかつたが、そのまま一息にぐつと大盃を飲み干してしまつた。

「確に剣菱といただきました。殿のお好みが、手前と同じやうに剣菱であらうとは全く思ひがけないことで……」

彼は酒の見極めがつくと、初めて安心したやうに盃の数を重ね出した。

三

あるとき、朝早く対山を訪ねて来た人があつた。その人は路の通りがかりにふとこの南宗画家の家を見つけたので、平素の不沙汰を詫びかたがた、一寸顔を出したに過ぎなかつた。

対山は自分の居間で、小型の薬味箪笥のやうなものにもたれて、頬杖をついたままつくねんとしてゐたが、客の顔を見ると、

「久しぶりだな。よく来てくれた。」

と言つて、心から喜んで迎へた。そしていつもの剣菱をギヤマンの徳利に入れて、自分で燗をしだした。その徳利はオランダからの渡り物だといつて、対山が自慢の道具の一つだつた。

酒が暖まると、対山は薬味箪笥の抽斗から、珍しい肴を一つびとつ取り出して卓子に並べたてた。そのなかには江戸の浅草海苔もあつた。越前の雲丹もあつた。播州路の河で獲れた鮎のうるかもあつた。対山はまた一つの抽斗から曲物《まげもの》を取り出し、中味をちよつぴり小皿に分けて客に勧めた。

「これは八瀬の蕗の薹で、わしが自分で煮つけたものだ。」

客はそれを嘗めてみた。苦いうちに何とも言はれない好い匂があるやうに思つた。

対山はちびりちびり盃の数を重ねながら、いろんな食べ物の講釈をして聞かせた。

それを聞いてゐると、この人は持前の細かい味覚で嚼みわけたいろんな肴の味を、も一度自分の想像のなかで味はひ返してゐるのではあるまいかと思はれた。そして酒

を飲むのも、こんな楽しみを喚び起すためではあるまいかと思はれた。

客はそんな話に一向興味を持たなかつたので、そろそろ暇を告げようとすると、対山は慌ててそれを引きとめた。

「まあよい、まあよい。今日は久しぶりのことだから、これから画を描いて進ぜる。おい誰か紙を持つて来い。」

彼は声を立てて次の間に向つて呼びかけた。

画と聞いては、客も帰るわけにはいかなかつた。暫くまた尻を落著けて話の相手をしてゐると、対山は酒を勧め、肴を勧めるばかりで、一向絵筆をとらうとしなかつた。客は待ちかねてそれとなく催促をしてみた。

「お酒も何ですが、どうか画の方を……」

「画の方……何か、それは。」

酒に酔つた対山は、画のことなどはもうすつかり忘れてゐるらしかつた。

「さつき先生が私に描いてやるとおつしやいました……」

客が不足さうに言ふと、やつと先刻の出鱈目を思ひ出した対山は、

「うん。そのことか。それならすぐにも描いて進ぜるから、今一つ重ねなさい。」

と、またしても盃を取らせようとするのだ。

こんなことを繰返してゐるうちに、たうとう夜になつた。そこらが暗くなつたので、

行燈が持ち出された。

へべれけに酔つ払つた対山は、黄いろい灯影《ほかげ》にじつと眼をやつてゐたが、

「さつき画を進ぜるといつたが、画よりももつといいものを進ぜよう。」

独語のやうに言つて、よろよろと立ち上つたかと思ふと、床の間から一振の刀を提げて来た。そしていきなり鞘をはづして、

「やつ。」

といふ掛声とともに、盲滅法に客の頭の上でそれを揮りまはした。

客はびつくりして、取るものも取りあへず座から転び出した。

戸外の冷つこい大気のなかで、客はやつと落著を取り返すことが出来た。そして朝からのいきさつを頭のなかで繰返して思つた。

「あの先生の酒は、物の味を肴にするのぢやなくて、感興を肴にするのだ。私といふものもつまりは八瀬の蕗の薹と同じやうに、先生にとつて一つの肴に過ぎなかつたのだ――たしかにさうだ。」

蒲原有明（かんばら　ありあけ）
明治九年、東京に生れる。小学生の頃すでに文学書に関心し、第一高等学校に不合格となって入会した国民英学会で英文学に親しむなかで詩を作り始め、明治二十七年にはじめて作品を発表してから、一時期は小説、紀行で文名を知られるが、再び詩作に向い、ロセッティの影響下に抒情詩人として出立した。同三十五年の処女詩集「草わかば」に続く「独絃哀歌」以降、ヴェルレーヌあるいはブレイクの訳詩を交えつつ、それらの西欧の詩の精神と方法を日本語に移し入れることにつとめた成果は、同四十一年の「有明集」に示されるところで、一巻によって、日本の近代詩の先駆者の栄誉を「白羊宮」における薄田泣菫と並んで担う。昭和二十七年歿。

薄田泣菫（すすきだ　きゅうきん）
明治十年、岡山県に生れる。中学校を中退し、殆ど独学で和漢書、欧米の文学書を渉猟しては詩作をこととするようになるうち、ソネットを日本に移植する試みで認められた後、「絶句」と名づけたそれらを含む第一詩集「暮笛集」を明治三十二年に刊行、一連の浪漫詩のその新風は時代の青春に大いに迎えられ、やがて長詩「公孫樹下にたちて」を発表の頃には擢んでた地位を詩壇に占める。同三十九年の詩集「白羊宮」は、象徴詩風の文語定型詩の一達成を示して、集中の「ああ大和にしあらしかば」「望郷の歌」などの名篇は特にまた知られたが、この前後から詩作を廃するに近く、その後は「茶話」「艸木虫魚」他の随筆に才を揮った。昭和二十年歿。

近代浪漫派文庫 15 蒲原有明 薄田泣菫
二〇〇七年五月十四日 第一刷発行
著者 蒲原有明 薄田泣菫/発行者 中井武文/発行所 株式会社新学社 〒六〇七―八五〇一 京都市山科区東野中井ノ上町一一―三九 印刷・製本=天理時報社/DTP=昭英社/編集協力=風日舎
ISBN978-4-7868-0073-3
落丁本、乱丁本は左記の小社近代浪漫派文庫係までお送り下さい。送料小社負担でお取り替えいたします。
お問い合わせは、〒二〇六―八六〇二 東京都多摩市唐木田一―一六―二 新学社 東京支社
TEL〇四二―三五六―七七五〇までお願いします。

◉近代浪漫派文庫刊行のことば

文芸の変質と近年の文芸書出版の不振は、出版界のみならず、多くの人たちの夙に認めるところであろう。そうした状況にもかかわらず、先に『保田與重郎文庫』(全三十二冊)を送り出した小社は、日本の文芸に敬意と愛情を懐き、その系譜を信じる確かな読書人の存在を確認することができた。

その結果に励まされて、専ら時代に追従し、徒らに新奇を追うごとき文芸ジャーナリズムから一歩距離をおいた新しい文芸書シリーズの刊行を小社は思い立った。即ち、狭義の文学史や文壇に捉われることなく、浪漫的心性に富んだ近代の文学者・芸術家を選んで四十二冊とし、小説、詩歌、エッセイなど、それぞれの作家精神を窺うにたる作品を文庫本という小宇宙に収めるものである。

以って近代日本が生んだ文芸精神の一系譜を伝え得る、類例のない出版活動と信じる。

新学社

近代浪漫派文庫（全四十二冊）

※白マルは既刊、四角は次回配本

1 維新草莽詩文集　歎涕和歌集／藤田東湖／月性／吉田松陰／清川八郎／伴林光平／真木和泉／平野国臣／坂本龍馬／高杉晋作／河井継之助／雲井龍雄　ほか8名

② 富岡鉄斎　旅行記／随筆／画論／漢詩／和歌　大田垣蓮月　和歌（海人のかる藻／拾遺）／消息

③ 西郷隆盛　遺教／南洲翁遺訓／漢詩　乃木希典　漢詩／和歌

④ 内村鑑三　西郷隆盛／ダンテとゲーテ／余が非戦論者となりし由来／歓喜と希望／所感十年ヨリ　岡倉天心　東洋の理想（浅野晃訳）

⑤ 徳富蘇峰　嗟呼国民之友生れたり／『透谷全集』を読む／還暦を迎ふる一新聞記者の回顧／紫式部と清少納言／敗戦学校／宮崎兄弟の思ひ出　ほか

黒岩涙香　小野小町論／『一年有半』を読む／藤村操の死に就て／朝報は戦ひを好む乎

⑥ 幸田露伴　五重塔／太郎坊／観画談／野道／幻談／鵞鳥／雪たゝき／為朝／評釈炭俵ヨリ

⑦ 正岡子規　子規句抄／子規歌抄／歌よみに与ふる書／小園の記／死後／九月十四日の朝

高浜虚子　自選虚子秀句（抄）／斑鳩物語／落葉降る下にて／椿子物語／発行所の庭木／進むべき俳句の道

⑧ 北村透谷　楚囚之詩／富嶽の詩神を思ふ／蝶のゆくへ／みゝずのうた／内部生命論／厭世詩家と女性／人生に相渉るとは何の謂ぞ　ほか

高山樗牛　滝口入道／美的生活を論ず／文明批評家としての文学者／内村鑑三君に与ふ／『天地有情』を読みて／清見潟日記／郷里の弟を戒むる書／天才論

⑨ 宮崎滔天　三十三年之夢／侠客と江戸ッ児と浪花節／浪人界の快男児宮崎滔天君夢物語／朝鮮のぞ記

⑩ 樋口一葉　たけくらべ／大つごもり／にごりえ／十三夜／ゆく雲／わかれ道／につ記—明治二十六年七月　一宮操子　蒙古土産

⑪ 島崎藤村　桜の実の熟する時／藤村詩集ヨリ／前世紀を探求する心／海について／歴史と伝説と実相／回顧（父を追想して書いた国学上の私見）

⑫ 土井晩翠　土井晩翠詩抄／雨の降る日は天気が悪い／漱石さんのロンドンにおけるエピソード／名犬の由来／学生時代の高山樗牛　ほか

上田敏　海潮音／忍岡演奏会／『みだれ髪』を読む／民謡／飛行機と文芸

⑬ 与謝野鉄幹　東西南北／鉄幹子（抄）／亡国の音　与謝野晶子　みだれ髪／晶子歌抄／詩篇／ひらきぶみ／清少納言の事ども／紫式部の事ども／和泉式部の歌／産褥の記／ロダン翁に逢つた日／婦人運動と私／鰹

⑭ 登張竹風　如是経／美的生活論とニイチエ

生田長江　夏目漱石氏を論ず／鷗外先生と其事業／ブルヂョアは幸福であるか／有島氏事件について／無抵抗主義、百姓の真似事など／『近代』派と『超近代』派との戦／ニイチエ雑観／ルンペンの徹底的革命性／詩篇

⑮蒲原有明　蒲原有明詩抄／ロセッティ訳詩ヨリ／飛雲抄ヨリ

薄田泣菫　薄田泣菫詩抄／茶話ヨリ／森林太郎氏／お姫様の御本復／鵞鳥と鰻／大国主命と葉巻／艸木虫魚ヨリ

⑯柳田国男　野辺のゆき、（初期詩篇ヨリ）／海女部史のエチュウド／雪国の春／橋姫／妹の力／木綿以前の事／昔風と当世風／米の力／家と文学／野草雑記／物忌と精進／眼に映ずる世相／不幸なる芸術／海上の道

⑰伊藤左千夫　左千夫歌抄／春の潮／牛舎の日記／日本新聞に寄せて歌の定義を論ず

佐佐木信綱　思草／山と水と／明治大正昭和の人々ヨリ

⑱山田孝雄　俳諧語談ヨリ　新村出　南蛮記ヨリ

⑲島木赤彦　自選歌集十年／柹蔭集／歌道小見／赤彦童謡集ヨリ／随見録ヨリ　斎藤茂吉　初版赤光／白き山／思出す事ども　ほか

⑳北原白秋　白秋歌抄／白秋詩抄　吉井勇　自選歌集／明眸行／蝦蟆鉄拐

㉑萩原朔太郎　朔太郎詩抄／虚妄の正義ヨリ／絶望の逃走ヨリ／猫町／恋愛名歌集ヨリ／郷愁の詩人与謝蕪村／日本への回帰／〈機織る少女〉楽譜　ほか

㉒前田普羅　前田普羅句抄／大和閑吟集／山廬に遊ぶの記／ツルボ咲く頃／奥飛騨の春／さび・しほり管見

原石鼎　原石鼎句抄／或る時／母のふところ／水神にちかふ／暖気／荻の橋／二枚のはがき

㉓大手拓次　拓次詩抄／日記ヨリ（大正九年）

佐藤惣之助　惣之助詩抄／琉球の雨／寂漠の家／夜遊人／道路について／『月に吠える』を読んで後／大樹の花・室生君／最近歌謡談義

㉔折口信夫　雪まつりの面／雪の島ヨリ／古代生活の研究―常世の国／信太妻の話／柿本人麻呂／恋及び恋歌／小説戯曲文学における物語要素／異人と文学と／反省の文学源氏物語／女流の歌を閉塞したもの／俳句と近代詩／詩歴一通―私の詩作について／口ぶえ／留守ごと／日本の道路／詩歌篇

㉕宮沢賢治　春と修羅ヨリ／雨ニモマケズ／鹿踊りのはじまり／どんぐりと山猫／注文の多い料理店／ざしき童子のはなし／よだかの星／なめとこ山の熊／セロ弾きのゴーシュ　早川孝太郎　猪・鹿・狸

㉖岡本かの子　かろきねたみ／老妓抄／雛妓／東海道五十三次／仏教読本ヨリ　上村松園　青眉抄ヨリ

㉗佐藤春夫　殉情詩集／和奈佐少女物語／車塵集／西班牙犬の家／窓展く／F・O・U／のんしやらん記録／鴨長明／秦淮画舫納涼記／別れざる妻に与ふる書／幽香嬰女伝／小説シャガール展を見る／あさましや漫筆／恋し鳥の記／三十一文字といふ形式の生命

㉘河井寛次郎　六十年前の今ヨリ　棟方志功　板響神ヨリ

㉙大木惇夫　詩抄（海原にありて歌へる／風・光・木の葉／秋に見る夢／危険信号）／天馬のなげきヨリ

蔵原伸二郎　定本岩魚／現代詩の発想について／裏街道／狸犬／目白師／意志をもつ風景／谿谷行

㉚ 中河与一　歌集秘帖／氷る舞踏場／鏡に這入る女／円形四ッ辻／はち／香妃／偶然の美学／「異邦人」私見

横光利一　春は馬車に乗つて／榛名／睡蓮／橋を渡る火／夜の靴ヨリ／微笑／悪人の車

㉛ 尾崎士郎　蜜柑の皮／篝火／瀧について／没落論／大関清水川／人生の一記録

中谷孝雄　二十歳／むかしの歌／吉野／抱影／庭

㉜ 川端康成　伊豆の踊子／抒情歌／禽獣／再会／水月／眠れる美女／片腕／末期の眼／美しい日本の私

㉝ 「日本浪曼派」集　中島栄次郎／神保光太郎／保田与重郎／亀井勝一郎／芳賀檀／木山捷平／中村地平／十返一／緒方隆士　ほか6名

㉞ 立原道造　萱草に寄す／暁と夕の詩／優しき歌／あひみてののちの　ほか　津村信夫　戸隠の絵本／愛する神の歌／紅葉狩伝説　ほか

㉟ 蓮田善明　有心（今ものがたり）／森鷗外／養生の文学／雲の意匠

伊東静雄　伊東静雄詩集／日記ヨリ

㊱ 大東亜戦争詩文集　大東亜戦争殉難遺詠集／三浦義一／影山正治／田中克己／増田晃／山川弘至

㊲ 岡潔　春宵十話／日本人としての自覚／日本的情緒／自己とは何ぞ／宗教について／義務教育私話／創造性の教育／かぼちゃの生いたち／
六十年後の日本／唯心史観　胡蘭成　天と人との際ヨリ

㊳ 小林秀雄　様々なる意匠／私小説論／思想と実生活／満洲の印象／事変の新しさ／歴史と文学／当麻／無常といふ事／平家物語／徒然草／西行／
実朝／モオツアルト／鉄斎Ⅰ／鉄斎Ⅱ／蘇我馬子の墓／古典をめぐりて　対談（折口信夫）／還暦／感想

㊴ 前川佐美雄　植物祭／大和／短歌随感ヨリ

清水比庵　野水帖（歌集の部）／紅をもてヨリ

㊵ 太宰治　思ひ出／魚服記／雀こ／老ハイデルベルヒ／清貧譚／十二月八日／貨幣／桜桃／如是我聞ヨリ

檀一雄　美しき魂の告白／照る陽の庭／埋葬者／詩人と死／友人としての太宰治／詩篇

㊶ 今東光　人斬り彦斎　五味康祐　喪神／指さしていう／魔界／一刀斎は背番号6／青春の日本浪曼派体験／檀さん、太郎はいいよ

㊷ 三島由紀夫　十五歳詩集／花ざかりの森／橋づくし／憂国／三熊野詣／卒塔婆小町／太陽と鉄／文化防衛論